CE

BORIS VIAN

Cent Sonnets

TEXTES ÉTABLIS, PRÉFACÉS ET ANNOTÉS PAR NOËL ARNAUD

CHRISTIAN BOURGOIS ÉDITEUR

Des Cent Sonnets
aux Cent infâmes sonnets
et retour

Les *Cent Sonnets* sont la première œuvre de Boris Vian. La première œuvre écrite, c'est probable, et assurément la première œuvre organisée en volume en vue d'une publication.

Les *Cent Sonnets* ne sont pas datés, sauf les cinq (ou plutôt quatre des cinq) derniers — laissés par Vian hors classement et donc hors sommaire — dont la rédaction s'échelonne du 25 janvier 1944 au 13 avril 1944. A l'examen de l'écriture des manuscrits, nous nous sommes aventuré, dans *Les Vies parallèles* et dans notre préface aux *Cantilènes en gelée*, à placer le commencement de la production en 1940 (peut-être 1939). Nous inclinait à cette datation le caractère encore un peu gauche, quasi puéril, de la graphie vianienne des six sonnets composant la section « Le ballot », et surtout de l'initial sonnet du cycle « Le lycée ». Notre hypothèse se voyait affermie par le contenu des textes, leurs thèmes, d'une origine biographique évidente, qui évoquent les études secondaires du jeune Boris et leur succès final (... Il fut reçu sans mal à son bachot Philo... puis coiffa le calot), son concours d'entrée à l'Ecole centrale (Et ce fut le concours pour une grande école...). Aujourd'hui, nous serions moins affirmatif (et, du reste, dans *Obliques*, en 1976, nous nous montrions déjà plus circonspect en parlant de 1941) : les deux sonnets clôturant la série du « Ballot » remémorent en effet l'enseignement reçu à l'Ecole centrale des arts et manufactures (dont Vian fut l'élève du 6 novembre 1939 au 26 juin 1942) et sa recherche d'un emploi une fois muni de son diplôme de centralien (il prit son premier poste, à l'AFNOR, le 24 août 1942). A moins de supposer — ce qui, sans être invraisemblable, s'imagine mal — que les six poèmes du « Ballot » eussent été écrits par intervalles, à mesure de l'avancement du cursus de Boris, et par conséquent sur une période de deux ou trois ans.

Quoi qu'il en soit, les *Cent Sonnets* représentent l'œuvre inaugurale de Vian, qu'on en fixe le début à 1939 ou 1940, ou 1941, voire 1942.

Bon nombre des lecteurs de Vian, et parmi eux plusieurs de ses meilleurs exégètes, expriment depuis longtemps le vœu de voir publier les *Cent Sonnets*. Voilà belle lurette que leur existence est attestée (la première bibliographie, celle de Caradec en 1960 dans le *Dossier 12* du Collège de 'Pataphysique, puis *Bizarre*, puis *Les Vies parallèles*, puis *Obliques*, les ont répertoriés), des extraits du recueil ont été donnés dans divers ouvrages ou revues, *Obliques* a même reproduit les manuscrits de six d'entre eux, de quoi faire s'impatienter les amateurs et, pour quelques-uns, jusqu'à l'indignation à l'idée que par un droit d'hoirie abusivement exercé on leur dissimulerait « quelque chose » de Vian. Si, de temps à autre, des chroniqueurs déplorent qu'on en vienne à éditer des « fonds de tiroir », c'est qu'ils ignorent combien les lecteurs de Vian sont exigeants, ses lecteurs les plus attentifs, d'aucuns diraient : fanatiques, et ceux qui, à des fins scolaires ou universitaires, doivent travailler sur les textes. Rien de l'auteur qu'ils aiment ou étudient ne leur semble indifférent. Au contraire — et sans doute n'ont-ils pas tort — ils estiment que les œuvres imparfaites, inachevées, ou nées à l'aube de la vocation d'un écrivain, aident grandement à dégager les fantasmes qui hanteront ses créations les plus abouties, à analyser la formation de son écriture et de sa personnalité littéraire, bref à le mieux comprendre.

Et puis il est tout de même difficile de regarder comme « fond de tiroir » cet encombrant recueil des *Cent Sonnets*, préparé par Vian lui-même dans la perspective d'une publication et maintenu jusqu'à sa mort en attente. Et c'est là peut-être l'aspect le plus curieux de l'histoire de cet écrit. Boris Vian portait un jugement lucide, et plutôt sévère sur ses productions. Il rejetait *J'irai cracher sur vos tombes* et les autres Sullivan hors de la littérature. Il estimait que son premier roman était *L'Ecume des jours*, le second *L'Automne à Pékin*, le troisième *L'Arrache-cœur*, etc., excluant ainsi de sa bibliographie de romancier *Trouble dans les andains* (d'ailleurs publié posthume et sans qu'il y fût pour rien) et *Vercoquin et le Plancton*, qui marqua pourtant son entrée chez Gallimard, fut reçu par Raymond Queneau, connut plusieurs versions, dont une au moins à la demande de l'éditeur, et au lancement duquel Vian participa de grand cœur par des interviews, des signatures en librairie, etc. Très vite, dès 1947, une rigoureuse hiérarchie de ses créations était donc, par lui-même, établie.

On pourrait dire que, devant les *Cent Sonnets*, Vian perd tout sens critique, si les variantes signalées en annexe et introduites longtemps après l'écriture des poèmes, et surtout l'élimination (supposée) de la moitié d'entre eux lors d'un ultime remaniement, ne le montraient soucieux d'améliorer non le fond, mais certainement la forme des textes. Le fond est d'ailleurs ce qui manque le moins aux *Cent Sonnets* ; il est uniformément ironique, souvent burlesque, parfois caustique. Il est ce qu'il est, et ce serait, on en conviendra, faire un mauvais procès à l'auteur que de condamner sur le fond ses poèmes, puisque, à notre connaissance, aucun « art poétique » n'a jamais interdit d'écrire des poèmes ironiques, burlesques, caustiques. Les exemples abondent à toutes époques et chez les plus grands.

Reste qu'on rencontre rarement des poètes qui, à leur première tentative lyrique, infligent à la poésie elle-même les tortures de la dérision, de la cocasserie et de la satire. Le jeune poète est absolument sérieux, respecte, et même vénère la poésie à l'image d'une déesse, brûle l'encens à ses pieds et va — cela s'est vu — jusqu'à se suicider devant l'idole (en mourant tout bonnement ou en devenant trafiquant d'armes et d'esclaves) pour peu qu'il craigne d'être indigne d'elle ou d'en perdre la raison. Les premières œuvres des poètes qui, par la suite, bouleversèrent le plus profondément la poésie certifient la constance de cette entrée religieuse en poésie : Marinetti et ses poèmes symbolistes de *La Vogue*, de *La Plume*, de *La Revue blanche* ; Breton et ses poèmes mallarméens de *La Phalange* ; Tzara et ses poésies roumaines.

Ne les jugerait-on que sous ce seul aspect, les *Cent Sonnets* constituent une originalité et leur auteur Boris Vian une exception dans l'histoire de la poésie française, en tout cas dans les notices biobibliographiques des poètes français. A lire par exemple « Apport au Prince », on a le sentiment que Boris Vian était bien conscient de mettre à mal la poésie, de dénoncer le culte auquel ses dévots s'adonnaient. Autour de Paul Fort, élu « prince des pohètes », c'est un hommage « lourd d'un relent d'encens » ; le voilà qui siège sur la crête de l'Olympe et qu'il y règne, tels les Vaudous « trônaient, dominateurs, au temps des sacrifices ». Et pour mieux signifier combien peu lui chaut ce sacrement, il affirme, en conclusion, ne connaître point un seul des vers de Paul Fort (ce qui est faux, Vian ayant, à cet âge, tout lu). Ajoutons, car dans un instant nous dirons deux mots de la forme des *Cent Sonnets*, que « Apport au Prince » est un sonnet techniquement réussi, soumis aux contraintes les plus strictes du genre et d'une régularité parfaite.

Les plus experts connaisseurs de l'œuvre de Vian qui réclament la publication des *Cent Sonnets* leur dénient, en général (et Michel Rybalka en tête), toute qualité littéraire (toujours pondéré, Rybalka parle au juste de « la faible qualité littéraire de la plupart des textes »). C'est là un jugement de valeur qui, pataphysiquement, ne saurait être le nôtre, et que pourtant nous partagerions en nous prenant à comparer aux *Cent Sonnets,* sur le plan de la qualité d'expression, la critique poétique de la poésie chez Raymond Queneau. Seulement voilà, l'ironie vrillante de Queneau ne taraude pas la poésie dès son premier écrit, si vives et précoces que furent ses connaissances et sa lucidité en matière de création littéraire. Encore une fois, la caractéristique méritoire des *Cent Sonnets* est d'être au commencement, à la genèse de l'œuvre, et par là s'expliquent certaines faiblesses d'écriture. Pour nous, le surprenant est que Vian ait atteint d'emblée une honorable maîtrise opératoire dans l'art du sonnet. Nous mettions l'accent sur la qualité de fabrication d'« Apport au Prince », et sans doute Vian en jugeait-il ainsi quand il installait ce poème (le dixième des *Cent Sonnets*) en tête des *Cent infâmes sonnets,* mais beaucoup d'autres prouvent une analogue aisance. Les réserves des analystes proviendraient du choix fait par Vian d'une forme tenue pour désuète que nous n'en serions pas autrement étonné. Malgré les efforts d'Aragon, de Guillevic et de quelques émules, et peut-être à cause d'eux, le sonnet et les autres formes fixes de la poésie française, et parmi elles la ballade qui n'est pas des plus faciles et dont Vian usera avec dextérité, souffraient, dans les années 40 et 50, d'un incontestable mépris de la part des jeunes poètes et des jeunes critiques. Il s'en faudra de quelques années pour que l'Oulipo réussisse à réhabiliter la poétique ancienne et l'œuvre des Grands Rhétoriqueurs et parvienne à convaincre de l'intérêt, sinon de la nécessité, des structures et des contraintes dans la production littéraire.

Les mètres sur lesquels Boris Vian bâtit ses *Cent Sonnets* sont extrêmement variés. L'alexandrin est le plus fréquent (et l'on trouve même des alexandrins de treize pieds dans « Hauts fonds ») ; deux alexandrins faux, mais faux exprès, imposés par le jeu de mots qui tire la « morale » de l'histoire, dans « Ce que l'on appelle : le faire à l'Elbrouz » et dans « Gruelle aventure ». Vian utilise souvent l'octosyllabe et le décasyllabe. Plus rare l'heptamètre (« Cauchemar ») ; exceptionnel, mais savamment manié, le trisyllabe (« Chasse d'eau »). Quelques pentamètres (« Indécent sonnet ») et ennéasyllabes (« Helvégète », « Famille »). Curiosité de construction : « Au ban » avec au premier quatrain deux décasyllabes suivis de deux alexandrins ; au second quatrain, un décasyllabe suivi de trois alexandrins ; au premier tercet, deux alexandrins suivis d'un décasyllabe ; au second tercet, trois décasyllabes.

Les thèmes sont — c'est vrai — de ceux qu'on retrouvera dans les œuvres postérieures, surtout les romans. C'est vrai, en partie : les romans feront apparaître des obsessions plus profondes, plus graves, tout simplement parce que Vian, passé *Trouble dans les andains* et *Vercoquin*, ne s'imposera plus de rire de ses héros, de leur situation, de leur destin. Dans les *Cent Sonnets,* il y a le cinéma, il y a le jazz, il y a l'anticléricalisme ; le penchant de Vian pour les proverbes et leur manipulation (la série sur « Tant va la cruche à l'eau... » trouvera son aboutissement en 1953 dans la lettre au Provéditeur-Editeur du Collège de 'Pataphysique sur la Sagesse des Nations) ; son refus de la poésie absconse ; son goût des calembours décapants et des jeux de langage. Un lecteur superficiel verrait dans la série « Détente », dont tous les textes ont pour fondement, si l'on ose dire, le mot « pédéraste », un témoignage d'hostilité de Vian à l'égard des homosexuels. Il n'en est rien. La plupart des poèmes manifestent une orthodoxie sexuelle irréprochable, agrémentée — et c'est mieux ainsi — de poses et pirouettes inédites, outre que la sexualité, sous quelque forme que ce soit, est absente de plusieurs des sonnets de la section. Les pédérastes ne sont pas en cause ; c'est le mot pédéraste qui se prête aimablement à maints calembours. On a pu, non sans talent, tenter de démontrer la misogynie de Vian ; on n'en décèle aucune trace dans les *Cent Sonnets.* Au demeurant, l'œuvre de Raymond Queneau s'est vue, à l'instar de celle de Vian, taxée de misogynie par des dames militantes qui soulignent à l'envi quelques portraits peu flatteurs de personnes de leur sexe et oublient de dire que les hommes n'y sont pas mieux traités.

Tous les thèmes qu'on voudra — et il serait de peu de mérite d'en relever d'autres — sont à tout prendre prétextes et base d'un thème unique, animant et dominant l'ensemble des poèmes, à savoir le refus d'être dupe de la poésie et, en vérité, et c'est là ce qui confère aux *Cent Sonnets* leur gravité, la crainte de la poésie, l'effroi devant ses séductions, la peur d'y succomber. Nul ne doutera de cette attitude fondamentale à la lecture des notes de bas de page qui accentuent, comme s'il en était besoin, les impertinences des poèmes. Mieux encore, aussitôt que Boris Vian se sent glisser dans le sentimentalisme, il se ressaisit et ramène son sonnet à une tenue conforme à la tonalité générale du recueil au moyen d'une ou plusieurs notes « explicatives » qui désamorcent les coups de cœur. Déjà nombreuses dans les *Cent Sonnets*, ces notes se multiplient au pied des cinquante-deux morceaux infâmes. Oui, l'auteur de la romantique *Écume des jours* croyait, par les jeux du langage, échapper à l'ivresse où le Verbe voulu sacré de l'aède risquait de l'entraîner. Et ce thème-là est constant dans son œuvre : face à l'inflation des mots, à leur sens rarement obvie, garder sa lucidité, exiger un langage précis, des mots désignant exactement objets et concepts, ne pas céder aux œillades des signes qui vous attirent loin de la réalité qu'ils prétendent circonscrire ; « la carte n'est pas le territoire », et l'étrange passion de Vian pour la Sémantique générale du douteux Korzybski, entretenue jusqu'à la fin de sa vie, apparaît ainsi comme la conclusion théorique des *Cent Sonnets*. Comment les *Cent Sonnets* et la Sémantique générale s'harmonisent-ils avec la merveilleuse poésie qui sourd des romans de Vian et de *Je voudrais pas crever*, voilà bien le mystère de la poésie, ce mystère que Vian récusait, violait, moquait. Il nous rétorquerait, supposons-nous, en opposant la poésie et l'imagination qu'il ne cessa d'exalter et pratiquer avec bonheur. On en disputerait longtemps. Selon nous, Vian, en dépit de sa conscience toujours en éveil, n'a pas suffisamment mesuré les pouvoirs du langage, fût-il d'usage rhétorique ; malgré qu'il en eût, il a subi son emprise, il s'est laissé conduire par le langage et, à notre intense jubilation, jusqu'à la poésie.

Noël ARNAUD.

NOTE SUR LES TEXTES

Notre édition des *Cent Sonnets* se fonde sur le manuscrit, propriété de Michelle Léglise, première épouse de Boris Vian, qui, il y a bien longtemps, nous autorisa, de la meilleure grâce du monde, à le consulter tout à notre aise et à en prendre copie. Ce manuscrit est orné de vingt-neuf dessins de Peter Gna, frère de Michelle Léglise, et de quatre autres dessins de main inconnue (Bimbo peut-être, vieil ami de Boris Vian). Neuf de ces dessins sont reproduits dans *Obliques* n° 8-9, « Boris Vian de A à Z ». Vian a enfermé son manuscrit dans une solide reliure à anneaux.

Nous reproduisons, au début de notre édition, la table détaillée, établie et écrite par Vian et mise par lui en tête du manuscrit. Un poème figurant à ce sommaire est absent du recueil ; il s'agit du sonnet 51 « L'ordre règne à... ». Ce texte n'appartient pas cependant aux trois que Vian signale comme supprimés ; ou il faudrait imaginer qu'il a changé de place et, en outre, pris le titre d'un des trois. A ce propos, on doit préciser que les trois textes retranchés ont disparu ; Vian les a peut-être détruits. À l'inverse, et par une généreuse compensation, il manque à ce sommaire, mais que nous possédons : deux ballades (la « Ballade de notre guerre » et le « Référendum en forme de ballade ») que nous ajoutons à la rubrique « En forme de ballade » ; un sonnet d'abord sans titre, puis intitulé « Comme avant guerre », écrit par Monprince (alias François Rostand, fils de Jean), adopté par Boris Vian, inséré par lui dans son recueil, et placé par nous à la section « Détente » ; un autre sonnet « Change » trouvé dans le manuscrit des *Cent Sonnets* mais que Vian n'avait pas classé et que nous intégrons à la rubrique « Sansonnets » en raison de son thème ; plus cinq sonnets, vraisemblablement écrits les derniers, dont quatre exceptionnellement datés, que nous regroupons en fin de livre sous un titre emprunté au recueil remanié des *Cent infâmes sonnets : « Actualités démo*dées ». Quatre de ces cinq ultimes *Cent Sonnets* sont datés, répétons-nous ; autre indice parlant : deux des pièces datées (« Petiot » du 24 mars 1944 ; et « Mugistusque boum » de même date) sont signées Bison Ravi, nom anagrammatique sous lequel Boris Vian envoie à la revue *Jazz Hot* son « Référendum en forme de ballade » en mars 1944 et écrit les poèmes d'*Un Seul Major Un Sol majeur* à partir du 12 mai 1944. Au total, les *Cent Sonnets*, tels que nous les publions ici, comportent cent douze poèmes.

Quand il revoit son manuscrit, Boris Vian retient cinquante-deux des *Cent Sonnets* et les coiffe d'un titre : *Cent infâmes sonnets*. D'où l'on peut induire qu'il se réserve de reprendre, en les corrigeant peut-être, quarante-huit autres des sonnets initiaux afin d'atteindre le chiffre annoncé de cent, le nouveau titre cessant, au contraire du premier, d'être calembouresque (cent sonnets = sansonnets), mais conservant la quantité première des sonnets ; ou bien encore qu'il rejette quarante-huit des sonnets anciens et se propose de les remplacer par quarante-huit sonnets qu'il va maintenant écrire. Boris Vian restera d'une discrétion totale sur les *Cent Sonnets* (recueil complet) aussi bien que sur les *Cent infâmes sonnets ;* nous ignorons donc ses intentions quant au nécessaire comblement des lacunes qu'il a lui-même creusées dans les *Cent Sonnets*. Ses archives ne nous révèlent aucune tentative de réécriture des textes écartés ni d'écriture de sonnets substitutifs.

Les cinquante-deux pièces des *Cent infâmes sonnets* sont distribuées selon une ordonnance très différente de celle des *Cent Sonnets,* et les titres des sections du recueil primitif se voient tous modifiés, à l'exception de « Détente » qui du reste reprend tous les textes formant cette partie des *Cent Sonnets,* et même un de plus, celui de Monprince. Nous publions en annexe la liste des cinquante-deux sonnets dans leur classement décidé par Vian, avec les titres (également de Vian) des sections qui les reçoivent. A côté du numérotage des poèmes, de 1 à 52, d'après l'ordre retenu par leur auteur, nous indiquons entre parenthèses le chiffre qui est le leur dans le recueil des *Cent Sonnets.* On observera, en outre, que les titres de quelques poèmes (quatorze, sauf erreur, sur cinquante-deux) ont été changés ; nous indiquons à l'annexe I ces changements.

Enfin, les cinquante-deux poèmes retenus des *Cent Sonnets* subirent d'assez nombreuses variantes qui font l'objet de la seconde annexe. Nous avons, bien entendu, choisi pour notre édition les versions corrigées de la main de Boris Vian.

Table

17

ZAZOUS

SANSONNETS

EN CARTES

TARTELETTES ANODINES

ON M'A DIT ÇA

DÉTENTE

ÉVANGILE SELON CINQ SONNETS

LES PROVERBIALES

DÉCLINAISON

EN FORME DE BALLADES

ACTUALITÉS DÉMODÉES

HORS CADRE

À MON LAPIN

Comme je suis très vieux, je sais bien des histoires,
Et j'en ai fait pour toi pas moins d'un petit cent.
Oh, ça n'est certes ni très fin ni très puissant
Ça m'a pas demandé des efforts méritoires

Mais c'est un peu loufoque, un peu blasphématoire
Un peu gai quelquefois, un peu triste[1] en passant
Ça garde un peu de forme, et va s'avachissant
S'il le faut — mais c'était un motif péremptoire.

Ne me reproche pas de me moquer de tout.
Je ne me moque pas. Je me complais surtout
A tripoter dans les coins noirs ma pauvre muse...

Elle braille souvent. Dame, je n'y vois pas,
Et je lui fais du mal à ses tendres appas...
Mais je m'en fiche un peu pourvu que ça t'amuse.

1. Triste, en trois lettres.

LOTERIE

Si devant toi veux avoir de l'argent
Mets-en beaucoup de côté. C'est facile
La loterie te prête un bras docile
Elle sera de ton heur bon agent

Prendre un billet, c'est là le plus urgent.
Pour le choisir ne tiens pas un concile
Ne te dis point « Je suis un imbécile »
Si son achat te laisse un indigent.

Sans peur attends le moment du tirage,
Et que jamais tu ne montres ta rage,
Si ton espoir se retrouve à vau-l'eau,

Car c'est ta faute : il fallait prendre garde
De te placer sous l'haute sauvegarde
Du très bénin saint Honoré d'Eylau.

BZZZ...

Dieu sut haïr assez pour concevoir les mouches,
Affreuses, veloutées, leur corps inquiétant
Gonflé de pus jaunâtre, et dans leur vol flottant
Traînant on ne sait quoi de funèbre et de louche.

Contrepettant Satan qui pourrit ce qu'il touche
Vous, mouches, vous touchez ce qui pourrit, goûtant
Toutes en foule à l'œil rosâtre et suintant
De bêtes aveuglées par vos avides bouches

Et votre aile stridente aux nervures de fer
Lève en mon cauchemar un nébuleux enfer
De corps velus, jaillis de l'ombre où l'on martelle

Les clous du long cercueil où j'étendrai mon corps
Et que l'on brûlera dans la flamme immortelle
Pour me sauver de vous, lorsque je serai mort...

LE BALLOT

I. Banal

Il naquit, gras et rond. Souvent, riant aux anges
Il s'amusait tout seul dans son léger berceau.
Il fit comme chacun plus d'un petit ruisseau
Comme à chacun de même on lui changea son lange

Il eut trois ans, les cheveux longs, puis une frange.
Sage le plus souvent, ce fut un jouvenceau
Normal, faisant du bruit, qui poussait son cerceau
Comme d'autres enfants, qui aimait les oranges

Le sucre, les bonbons, les gâteaux et les fruits,
Mangeait de gros biftecks avec grand appétit
Appréciait aussi la soupe et les légumes.

Il préférait aux coups les caresses. Souvent
Il attrapait la grippe à la suite d'un rhume
Tous les matins, il s'habillait en se levant.

II. Lycée

Il grandit sans changer beaucoup, mais sa paresse
Le rendait très rapide à finir ses devoirs.
C'est une solution que l'on peut concevoir...
A la mathématique, il montrait peu d'adresse.

Ceci le décida. Pourquoi chercher sans cesse
A cultiver tout droit la branche du savoir
Où l'on paraît briller ? Il dit un « au revoir »
Aux lettres, puis tâta de l'équation traîtresse.

Et ça marcha très bien. Toujours avant-dernier
Il ne se frappait plus, se sachant prisonnier
De l'engrenage obscur des différentielles.

Il fut reçu sans mal à son bachot Philo
Qu'il avait préparé, rechute vénielle,
Par-dessus le marché, puis coiffa le calot.

III. Bizuth

Et ce fut le concours pour une grande école
La ruée contenue de mille bons crétins
Vers deux cents places, se lever dans les matins
Lourds d'orages latents, et le cœur qui s'affole...

La verrière immense, houleuse casserole
Où cuisent des cerveaux nageant dans leurs destins
Les froncements de fronts, les appels clandestins
Les départs, en clamant une suite de Rolle...

Enfin, le mois d'attente inquiète et de leurre
Qui durera dix ans mais n'a duré qu'une heure
L'oral tant espéré, piteux et solennel

L'incompréhension des copains sans entrailles
Le bon cœur de bourreaux barbus à l'œil cruel
Et le jour du triomphe où croulent les murailles.

IV. Jeune

Et c'était l'âge neuf des danses enlacées
Aux corps souples, chargés de fluides odeurs
Baisers osés, posés sur la fauve tiédeur
De frôleuses toisons doucement caressées

Parfois le souvenir de ces heures passées
A résoudre un problème aux mornes profondeurs
S'effilochait, vapeur légère, dans l'ardeur
De lèvres, sur sa bouche haletante pressées

Mais, aigu, tout au bas de la ligne du rêve
Le hameçon de son travail venait sans trêve
Crocher, perfide éclair, les parois de son cœur

Et son regard lassé suivait dans la nuit claire
Aux éclats saccadés de grands rires moqueurs
La ronde échevelée d'affreux spectres scolaires...

V. Colles

A l'école, un gros homme à la mine flétrie,
Membre de l'Institut — c'était le directeur —
L'ignora, comme ceux dont — crime indicateur —
Le père n'était pas « quelqu'un dans l'industrie ».

Il n'en apprit pas moins la stéréométrie,
La construction des ponts ou des générateurs
Et l'art du militaire et du dessinateur
Pour gagner sa pitance et servir sa patrie.

Mais son crâne était vide et ses pieds étaient lourds
Quand il franchit la porte au bout de tant de jours
Ivre un peu de sentir son corps en équilibre.

Soigneusement lié reposait dans sa main
Fagot du feu rongeur où vont les âmes libres
Le rouleau de peau d'âne à piper les gamins.

VI. Deuxième bout

Ainsi, les yeux fixés sur son rêve menteur
Il partit dans la vie, muni d'un beau courage
Et d'un crâne où flottait un ravissant mirage
Il atterrit enfin chez un grand directeur.

« Entrez, cher camarade et collaborateur.
Entrez, vous vous mettrez tout de suite à l'ouvrage »
Il entra, se voyant construire un grand barrage
Il gagnait un peu moins qu'un fraiseur-ajusteur.

Mais il était heureux. Son rêve prenait corps
Il se voyait gravir en un délai record
Les échelons abrupts de sa neuve carrière.

Trente ans plus tard, attendant toujours le succès
Il fut, couronnement d'une vie régulière
Nommé chef de bureau par suite d'un décès...

APPORT AU PRINCE

Je veux porter aux nues le prince des pohêtes.
Chacun de nous[1] lui doit un hommage fleuri,
Lourd d'un relent d'encens en cent cerveaux mûri,
Ample autant que le vol du puissant gypaète.

Louons, louons Paul Fort. Qu'il siège sur la crête
D'Olympe aux pics aigus foulés par le cabri.
Que son nom pour jamais des mortels soit chéri,
Et dans l'Hellade aurée, que, laurier en tête,

Il règne, non content d'avoir régné sur nous.
Ainsi, dans la fumée bleuâtre, les vaudous
Trônaient, dominateurs, au temps des sacrifices.

Voilà. J'ai célébré ses ouvrages parfaits.
Qu'importe donc si (je l'avoue sans artifice)
Je ne connais pas un des beaux vers qu'il a faits.

---

1. Nous, les pohêtes.

HOT

Calme plat — mer blême — Ciel vide
Soleil terrassé dans un coin
Autour des mâts tournent sans fin
Quelques vagues oiseaux livides

Le ventre des voiles se ride
Et pend depuis tant de matins...
Le goudron fond au fond des joints.
Dans toute l'étendue aride,

Sans mouvement et sans couleur
Sous l'étreinte de la chaleur
Les ombres tombent, plates, mortes.

Et l'océan, ciment luisant
Fait prise, emprisonnant, gisant
L'inerte vaisseau qu'il supporte...

STARS

Amis, versons un pleur : le goût français n'est plus
Allez au cinéma, allez à l'aveuglette
Et contemplez un peu les traits de la vedette
Rougis, public, de voir à quoi tu te complus.

Deux peut-être sur cent des films seraient exclus
Du musée des horreurs. Et l'on se tient la tête
Pour comprendre. On ne comprend pas. Serait-on
                                          [bête
Pourquoi les producteurs ont-ils l'esprit perclus

Au point de s'envoyer des femelles pareilles
N'en existe-t-il pas, sans être des merveilles
Qui baiseraient aussi, pourraient tourner aussi

Posséderaient pourtant un charme perceptible
Par un mortel moyen, pénétré du souci
De ménager un peu la surface sensible ?...

AMENDE HONORABLE

Vierges d'écran, j'aime vos tailles fines
Vos yeux, chargés de cils pas tous à vous
Vos doux cheveux lourds de nos rêves fous
Votre peau ronde et vos coquettes mines

Simone, avec tes fossettes câlines
Gaby la rousse et la noire[1] surtout
Michèle, et dans son grenier fourre-tout
La pétulante et preste Micheline

Marie, si brune, échappée d'une image
Enluminée datant du Moyen Age
Et Josseline à la claire toison

Toi seule enfin qui toutes les surpasses[2]
(Par l'âge aussi — il donne la raison —)
Vénus de dos, Danielle de face...

1. Noire... au temps du Père Noël... — **2.** Notez bien que ce n'est pas du tout mon avis. (Excuse-moi, Porfirio.)

POISSONS

Pêcheurs, gourmands, je veux pour vous en un sonnet
Chanter la faune longue et lisse des eaux tièdes,
De l'omble-chevalier, cher à l'antique aède,
Au poisson-chat — que j'appelais : poisson-minet.

Le requin-pèlerin, pieux sous son bonnet,
L'ablette, effroi des tout petits lapins ; la laide
Lotte, toujours joyeuse, et l'orphie toujours raide.
L'anguille hautaine... il n'est pas bon, je reconnais.

Le brochet, craignant avant tout le relieur,
La carpe, célébrée par Horace ; oublieur,
Le rémora, cherchant un « mé » problématique...

L'avare gardon-tout, Mac-quereau l'Ecossais...
Et du pisciculteur-géomètre français,
L'œuvre célèbre sous le nom de raie torique.

SNCF

Envie... Lovée confusément dans mon cerveau
Mouche jaune engluée dans la puante ordure
Envie... les mots affluent... Torture... impure...
L'amère pourriture emplissant le caveau   [endure

Coins d'ombre... âpres désirs, et mal toujours
                                        [nouveau
Morsure du possible à la dent toujours dure
Egout fétide et dont le torrent de vidures
Du barrage du crime atteindrait le niveau...

Tout se calme et se tait. Le cauchemar se vide
Laissant comme un abcès quelques traces livides
Mais, inlassable lèpre, insidieux corail

Elle ronge mon cœur et le tache et le troue.
Sous le tunnel du mal glissant au choc des rails
Le wagon de mon âme a des places de boue...

FLEURS

Factionnaire au bord d'un étang
C'est près de la mare guérite.
Au clair matin, douleur subite
— Aube, épine, — vous poinct souvent.

Ire, Ys, c'est un dieu menaçant
Submergeant la ville maudite.
Œil, hait, Dieu toujours, et fuite
De Caïn et de ses enfants.

Poids de cent heures dit les peines
Du prisonnier aux lourdes chaînes.
Charme, c'est ce qu'Amélie a.

Corps glacé d'amour meurtrière,
Demain seras au cimetière
Où pour ton cœur lourd dalle y a.

HAUTE PHILOSOPHIE

Cauchemars aux doigts de charbon
Démons dansants, aride arête
Des pics noir sur blanc dont la crête
Masque l'abîme que d'un bond

L'on franchit pour y choir, gibbons
Pendus aux gibets, sales têtes
De folles, viles, molles bêtes
Gluants sansonnets du Gabon

Ma cervelle tordue s'entête
A vous chercher, pâles comètes
Aux arômes nauséabonds

Et je vous chéris et vous fête
Car les mauvais rêves sont longs
Si ce sont les bons qu'on regrette.

TERRES ABSCONSES

Il y a quelques jours, j'ai fait un rêve affreux
J'étais un Vrai poète, et sur un papier jaune
J'écrivais en Vrais Vers un morceau long d'une aune
Avec de l'encre rose... et voici cinq d'entre eux

Galbe au tréfonds des sources blêmes...
                    Col des preux
Contemnant rupicole en l'ogive du faune aigre,
Vers le néant du geste, ainsi des aunes force dardée...
Calmons les matins ténébreux...

En moi sourd le lyripipion des ontogones !...
Et mon réveil sonna. J'avais vu la gorgone
En face, et je suais comme sole au gratin.

Maintenant, j'ai compris comme font les poètes
Ils s'endorment sitôt que la nuit est complète
Et ne montent jamais leur réveille-matin.

NORD

Il[1] s'en était allé vers l'océan nordique
Pêcher les poissons gris que l'on trouve là-bas[2].
Il trimait dans l'ouate blême où l'on se bat,
Cherchant sa route au sein du troupeau sporadique

Des voiliers[3], beuglant à longs coups spasmodiques
Pour arracher des vies à l'inégal combat[4].
Pendant les quarts, mâchant sa chique de tabac,
Il rêvait, et le flot clapotait, fatidique...

Et c'était, au pays, la saison des retours.
Elle était revêtue de ses plus beaux atours...
Elle chantait... Brise légère, ô, brise douce,

Dis-moi s'il reviendra dans sa maison d'Armor ?
Et, loin sur la falaise et sur la lande rousse,
En un soupir éteint, l'écho répondit : mort...

Ça, c'est un petit poème triste et musical qu'il faut lire assis sur le
banc de Terre-Neuve, avec une bonne pipe et un cartahu apprivoisé.
Ajoutons pour les âmes sensibles que l'écho s'est foutu dedans. Il est
revenu trois ans après, marié à une esquimaude.
   1. Yvon-Marie Le Gall Kermaous. — **2.** Egalement place
Clichy. — **3.** Ce chiffre ne veut pas dire qu'il n'y avait que trois
voiliers. — **4.** Ces poissons-là, c'est tellement fort.

AUTODÉFENSE DU CALEMBOUR

Pourquoi donc me vouer aux noires gémonies ?
Rien n'est fertilisant comme un sac de guano.
Fraises, pousseriez-vous sans le puant tonneau
Epandant sur vos pieds la matière bénie ?

Vil calembour ! dit-on. Mais suave harmonie
Pour l'oreille de qui n'aime point Giono.
Je fleurissais déjà quand le pâle moineau
Roucouleur emporta l'olive en Arménie.

Mais vous êtes jaloux. Vous autres, esprits forts,
Vous lisez du Claudel, paraît-il, sans efforts.
Allez, vilains forgeurs de pièces édifiantes,

Hannetons lourds de vos vers blancs, tous,
                                   [décampez !
Car de l'esprit volant je ne suis que la fiente,
Mais je tombe de haut tandis que vous rampez.

S.E.P.I., etc.

Bureaucrate, emmanché d'une lustrine immonde
Vautré dans les papiers qui s'entassent sous moi
Je contemple, rêveur un vieux texte de loi
Et me gratte le front d'une plume de ronde[1]

J'ai du travail. Tant pis... Le tournoiement du monde
Même si je me tiens fainéant plus qu'un roi
Ne s'arrêtera point. C'est fort heureux, ma foi,
Mais ça m'est bien égal. Seconde après seconde

Le Temps glisse, visqueux, dans le tube des jours
Il s'attache aux parois, s'attardant aux détours
Puis s'écoule et je reste avec mon âme vide

Et je gratte ma tête en attendant le soir
L'heure où j'absorberai d'une mâchoire avide
Le chou puant dont l'odeur gît dans le couloir.

1. De ronde-cuir.

HAUTS FONDS

Heureux les blêmes noyés balancés par la houle !
Les vers ne les lardent pas dans un cercueil obscur...
Leurs poumons sont délivrés des miasmes impurs
De sépulcres où l'humeur et la sanie s'écoule...

Ho ! verdâtres naufragés aux fonds où le flot roule,
En marge de votre vie quand le deleatur
Point soudain, vous n'allez pas gésir sous le sol dur,
Sous la terre sale et triste où va creusant la goule...

L'ardente étreinte à huit bras du poulpe vous enivre,
Et gagnés par la douceur de l'eau, de ne plus vivre,
Vous riez à grandes dents, arrondis par l'orgueil

D'aimer aux abîmes gris le corps froid des sirènes,
L'or des soleils engloutis par la mer souveraine...
Elle — rit et montre aussi les dents de ses écueils...

ZAZOUS

I. LE ZAZOU[1]

A Henri de Régnier

La cheville entravée, l'épaule retombante,
Le cheveu hérissé, l'œil bleu, l'air idiot
Le zazou se redresse, et son crâne-grelot
Flamboie, tempes serrées par la gomme adragante.

Depuis midi, d'une démarche nonchalante,
Laissant traîner ses pieds et suçant un mégot,
Il erre, allant de bar ou de swing-caboulot
En d'autres bars, noyer le chagrin qui le hante.

Oui, depuis l'heure où triompha, date funeste,
Le petit col anglais, depuis que toute veste
Doit descendre au genou, depuis que le chapeau

Moulera l'occiput en laissant le front libre,
Le zazou ne vit plus, car il cherche la peau,
Pour se chausser, d'un daim qui soit de son calibre.

---

1. Vivent les zazous !

II. SWING-CONCERT

Dedicated to bôpapa   Dire que Michel Varlop ou
                                    Claude Laurence jouent juste,
                                    c'est du culot !...
                                                        (Moi)

Le violon multipliait les notes aigres
Et les zazous hurlaient de joie. Puis le batteur
S'escrima comme un fou tandis que le chanteur
Attaquait son couplet. On disait que les nègres

N'avaient jamais fait mieux. Un crétin, grand et
                                              [maigre,
Remuait en cadence un pied. Plein de hauteur
Un autre savourait, l'œil mi-clos, protecteur,
La mélodie qui déroulait son rythme allègre.

C'était un beau concert. Jamais les fausses notes
N'avaient connu l'approbation de tant de sottes.
Un tel succès ne se rencontre pas souvent.

Et comme s'apaisait, sans motif défini,
L'affreux pandémonium, un zazou, se levant,
Agitait son index quand tout était fini...

SURPRISE-PARTY

Le pick-up graillonnait un blouze mélancolique
L'air était alourdi de poussière et d'odeurs
Quelques zazous dansaient tenant contre leurs cœurs
Les filles courtes au derrière spasmodique

Dans un placard, un couple amateur d'obstétrique
Se livrait à des jeux pleins d'art et de candeur
Un autre dans un coin tentait avec ardeur
L'accouplement des amygdales, en musique.

Des mains se rencontraient sous des jupes trop
[courtes
Ivres, deux tourtereaux — (Si je disais : deux
[tourtes ?) —
Cherchaient partout un lit ; les lits étaient tous
[pleins...

Laissez se baisouiller cette jeunesse heureuse
Pourquoi les extirper de cet impur purin
Si leur espoir se borne à frotter des muqueuses ?

III. RÊVE DE ZAZOU

... je connais un petit cinéma
clandestin où on voit des films
américains, mon vieux...
(X...)

Dans ce bar swing où l'ambiance est accablante
Il somnole, tapant sans ardeur le culot
De sa pipe d'où choit l'incandescent brûlot...
Parfois il pince avec une grâce troublante

Sa cravate rayée de jaune et d'amarante...
Et puis il rêve et songe en son rêve falot
Qu'on a du mal à voir sur les écrans Charlot
Que la Craven est rare et l'époque écœurante.

Alors, tendant la main vers son cocktail aux fraises
Il s'apprête à répondre aux fillettes niaises
Dont il aime à se voir entouré tout le jour

Il s'efforce de ressembler au sphinx d'Œdipe,
Ferme à demi les yeux, souriant à sa cour,
Et, pour tuer le temps, allume une autre pipe...

IV. AMOUR DE ZAZOU

> ... C'est pas parce qu'on est
> swing qu'on ne connaît pas
> l'amour...
>
> (X...)

Elle dansait, légère en ses souliers de bois.
Un long tailleur marron moulait son joli buste.
Un bracelet d'ambre gravé, de travail fruste
Enserrait son poignet. Sous un foulard à pois

Sa chevelure fauve éclairait son minois.
La jupe courte laissait entrevoir tout juste
Un genou rond gainé de soie. Grâce vénuste !
Eclatante jeunesse !... « Il était une fois

La princesse la plus merveilleuse du monde.
Et sa marraine fut la superbe Esclarmonde... »
Ainsi me rappelais les contes de jadis

Et mon cœur de zazou flambait de joie sereine
Et je sautais, tendrement enlaçant ma reine
En projetant bien haut mes chaussettes rubis...

V. ESQUIRE

> ... Je suis zazou, c'est là ma
> gloire
>   (X.... ancien enfant de chœur)

Les vieux ne savent plus l'attrait d'un magazine
Pour un jeune homme fait, de l'âge de vingt ans.
Naguère la Plus Belle, aux jardins de printemps,
Se laissa bien tenter par la pomme divine...

Ne savent plus comme il est doux d'avoir la mine
D'un héros de l'écran, de sortir par beau temps
Avec un parapluie, un petit col montant,
Les gants, un chapeau neuf ; de rencontrer Corinne

Et Jacky, de s'asseoir dans un prochain Pam-Pam
En grillant d'ancien Virginie de l'Oncle Sam,
De se sentir pareil à la neuvième page

Du dernier numéro que Charley rapporta
— « Mais en fraude !... Ma chère !.. » — à son
                                        [dernier voyage
Et qui devint depuis notre Magna Charta...

VI. RÉPONSE DU ZAZOU

> Le cocotier ? qu'est-ce que
> c'est ?
>
> (Cécile S...)

Oui, mais ces vieux débris qui nous raillent sans cesse,
Aux jours de leur splendeur en faisaient tout autant.
Il leur sied d'accabler notre cheveu flottant.
On se coiffait style « Jockey » dans leur jeunesse !

Il leur sied d'accabler notre aimable allégresse
Et nos danses rythmées sur un jazz éclatant.
Le cake-walk était-il donc plus excitant ?
Ancêtres, soyez francs. Vous eûtes vos faiblesses.

Et le col dur de dix centimètres de haut ?
On ne le portait point du temps de Brunehaut
Mais bien en mil neuf cent, mon prince, ou je
                                    [m'abuse !

Vous protestez. Vous regrettez votre printemps.
Mais laissez donc pourrir vos carcasses percluses !
On est plus indulgent quand on a fait son temps.

A côté de cela, bien sûr, il y a des vieux très sympas, et des qui ont
même la danse de Saint-Guy.

VII. LA PRAIRIE

... pour plaire à Dorio-Manitou,
la hache de guerre fut déter-
rée...
(Big Chief Ough-Amough Ough,
Œuvres)

Or un zazou se promenait rue Gay-Lussac.
Il avait la joue rose et la moustache allègre,
C'était un vrai zazou : chapeau tête de nègre,
Souliers de daim, veste longue et pantalon-sac.

Or, muni de ciseaux, d'un couteau, d'un bissac,
Une sorte d'Indou, basané, sombre et maigre
Errait, cherchant fortune et son esprit intègre
Agité comme au gré d'un furieux ressac

Rêvait d'un scalp resplendissant de brillantine,
De bataille, de guerre... Et la rouge églantine
Etait moins rouge, amis, que ne fut son regard...

Il y eut un grand cri. L'acier jeta sa flamme.
Crâne rasé, le zazou s'enfuyait hagard...
L'œil maintenant serein, l'autre essuyait sa lame...

VIII. MARCHÉ NOIR

... Ça ne fait de mal à personne,
c'est toujours les mêmes stocks
qui resservent...
(X.., inspecteur du
ravitaillement)

Monsieur Marcel s'assied devant le haut comptoir :
— « Alfred... Un quart Vittel... oui, comme
[d'habitude... » —
Alfred s'élance, et rapporte avec promptitude
Un Pernod bien tassé, du sucre et le crachoir.

Monsieur Marcel est beau. Sous un couvre-chef noir
Il a fort grande allure et sa noble attitude
Inspire un sentiment de pleine quiétude.
— « Alfred !... Hier Monsieur René vint-il me
[voir ? »...

—« Non ? C'est parfait. Donne-moi vite
[l'annuaire. »—
Son doigt suit la colonne et son regard s'éclaire.
Il va téléphoner : — « C'est toi René ? D'accord,

« Viens les prendre tantôt. » — Puis regagne sa place.
Encor cinq cents louis qui rentrent sans effort.
Il boit, sourit, et redemande un peu de glace.

SANSONNETS

CHUTE DU DÉMON

Je le pistais depuis une heure,
Lui préparant un guet-apens.
Ha ! j'allais rire à ses dépens.
Mais lui... Que j'aimerais qu'il pleure...

Dans une existence meilleure
Je l'enverrais, tout palpitant...
Il entre... Aussitôt, haletant,
Je l'empoigne comme il m'effleure...

Vil sansonnet ! oiseau maudit !
Ta fin s'approche cette nuit !...
— Déjà sa face était livide,

Et je ricanais comme un loup...
J'ouvris la fenêtre d'un coup
Et le projetai dans le vide...

LE SANSONNET SYNTHÉTIQUE

L'oiseau blanc dont le vol fit renaître la vie
Planait, tenant au bec un rameau gris bleuté
Il trouva sur sa route un moucheron, porté
Par les ailes du vent, dont son âme ravie

Conçut de s'emparer l'irrésistible envie.
Hélas ! Il en cuisit à sa frêle santé,
Car Lucifer le noir à l'esprit avorté
Saisit l'instant fatal où la bête dévie

De sa route, pour l'attraper par les deux pattes.
Il lui plonge la tête en un bain d'écarlate,
Lui arrache la queue, lui met un mentonnet,

Tache son bec de vert et de jaune ses lombes.
Dieu ! Tu avais créé l'immaculée colombe
Satan, dans son audace, en fit un sansonnet[1]...

1. Description zoologique empruntée à Buffon.

QUI ?

Qui peut aimer le sansonnet ?
C'est un oiseau sans politesse ;
Il a malgré sa petitesse
La binette près du bonnet

Là, perché sur son bâtonnet,
Il ne dit rien. Bête traîtresse
Il se défile avec adresse
S'il manque une rime au sonnet

Il a l'âme démoniaque
Et des odeurs d'ammoniaque
S'échappent de sous ses pieds.

Jamais ne veut se rendre utile
Ainsi qu'à chaque volatile
En toute occurrence il sied...

Et Dieu jeta ses yeux sur cet
oiseau et trouva qu'il avait une
sale gueule...
(St Jérôme IV 5. 39)

L'ANTÉCHRIST

On me dit : « Cet oiseau, vous l'attaquez sans trêve
Vous le peignez sous un jour dénué d'attrait
Que feriez-vous donc si l' "affreux sansonnet"
N'existait pas ? » Et je réponds : « C'est un beau
[rêve. »

On me dit : « Cet oiseau, vous souhaitiez qu'il crève
Que feriez-vous donc si le pauvre en crevait ?
Le remords nuit et jour qui vous tourmenterait
Ne gâcherait-il point une vie déjà brève ? »

Et je réponds : « Ciel ! je voudrais le voir pendu !
Il est l'œuf répugnant que mon crâne a pondu ;
Il sue la haine jaune, et sa forme maudite

Au jour du Dernier Jour restera sans changer
Car Dieu dont l'âme pure[1] est parfois interdite
Voyant le sansonnet, n'osera le juger. »

---

1. Dieu, c'est moi (voir plus loin l'Evangile selon cinq sonnets).

CAUCHEMAR

Seul... Terré dans l'ombre[1] pâle...
Et l'animal odieux
Volait tout près de mes yeux,
Soufflant son chant comme un râle...

De lointaines chrysocales
Dansaient au fond des cieux
Et le sansonnet vicieux
Piquait mes orbites sales

Je hurlais à la nuit morne
Mais le vide fut sans borne
Et l'œil de Dieu resta sec...

Alors, la volaille horrible,
Prenant mon thorax pour cible,
Creva mon cœur de son bec...

1. Ce que l'on appelle : terre d'ombre...

ORIGINES

C'était l'été... Dalila devant sa coiffeuse
Peignait ses lourds cheveux. L'ivoire luisait
La masse fauve et que l'air sec électrisait
Tombait sur son épaule en draperie soyeuse...

D'un flacon de cristal, l'habile ensorceleuse
Répandit sur ses seins ce parfum qui grisait...
Au contact de la peau se volatilisait
L'odeur lourde des lis et de la tubéreuse...

Et son amant rentra. De la sentir si belle
Il bondit, fou d'amour, et se rua sur elle
Cédant à son désir, Dalila se donnait...

Or il vint que neuf mois après cette aventure
— Ce délai semble nécessaire à la nature —
Naquit, en ce temps-là, le premier sansonnet...

NAISSANCES

Il naît aussi des sansonnets immondes
Alentour des fosses d'aisance pleines ;
Il en naît sur les morts, sur les gangrènes
Comme sur tout ce qui pourrit au monde.

Partout les vers, en la machine ronde,
Eclosent en sansonnets très obscènes
Et chaque jour, il en vient à la Seine
Par les égouts, dans l'eau nauséabonde.

Nul ne les voit. Sourdement cela grouille.
Comme le fer lépreux meurt sous la rouille
Le globe entier s'en va rongé par eux.

S'il vient qu'un soir un sansonnet me tue,
Ne jetez pas mon cadavre à la rue
Détruisez-moi, je serai plus heureux...

MORT DU ROMANCIER[1]

Levé de bon matin, le sansonnet grincheux
Buvait le sang du ciel dans le cristal de l'aube
Et déjeunait de quelque vermicule en daube.
Passèrent près de lui deux passants matineux,

Qui devisaient sans prendre garde à lui près d'eux
« Oui », disait l'un, « Roi de Paris déjà je gobe
Mais le Maître de Forge (ici point ne te daube)
A mon avis, c'est ce que tu as fait de mieux ».

— « Non, répond l'autre ; c'est mon plus mauvais
                                              [ouvrage
A le voir louangé sans cesse, ami, j'enrage. »
— « Allons ! Sois sérieux ! Tu perds le sens, Ohnet ! »

Mais l'oiseau diabolique alors montre sa tête
— « Je ne suis pas perdu », dit-il. Georges s'arrête
Et meurt d'effroi, reconnaissant un sansonnet.

1. Seule version exacte.

CHANGE

O ! Vérité vénuste ! un soir tu m'aveuglais
Des feux qu'irradiait ta splendeur sans pareille...
— « Tant que l'oiseau vivra », me dis-tu dans l'oreille
« Les Indes resteront au pouvoir des Anglais... »

— « Pourquoi donc ? » m'étonnai-je. « Explique, s'il
[te plaît ! »
— « Cherche ! » Et son corps fondit. Une gloire
[vermeille
Apparut ; je restais, devant cette merveille,
Stupéfait, et plongé dans un trouble complet...

Le temps passa sans m'apporter sur l'union
Qui marie les destins de l'Inde et d'Albion
Le moindre enseignement. Je posai le problème :

Communauté d'esprit ? de race ? d'intérêt ?
... Et la lumière fut[1] — la simplicité même :
LIVRE STARLING — ROUPIE DE SANSONNET[2]

1. Dieu, Œuvres complètes (Calmann-Lévy éditeur). — **2.** Ajoutons pour les innocents que starling veut dire sansonnet (en anglais, naturellement).

LÉGENDE DU SANSONNET ET DE L'ESTOURNEAU ALLÉGORIE ORNITHOLOGIQUE ET CONVAINCANTE

I

Plat, tel la tarte sans sa crème,
Sec, vache vidée de son lait,
Naquit un certain sansonnet
Au museau triste de carême.

En la sombre ville de Brême
Il étudia le flageolet
Et lança d'aigres triolets
En répandant terreur extrême.

Et l'on se disait à le voir
— « D'où vient-il ? De l'abîme noir
Où, dans une vapeur torride,

Rôtissent les pauvres damnés ? »
Et lui, l'œil fixé sur du vide,
Ignorait les gens étonnés...

La suite au prochain numéro.

II

Mais Dieu, dont l'indulgence est grande
Aux vils pêcheurs de tous les temps,
Après l'hiver, fait le printemps[1]...
Il vint au monde, à Samarcande,

Fils d'un nègre et d'une limande
Un étourneau très compétent,
Au cœur immense et palpitant.
Et les autels fumaient d'offrandes...

Car, dans un rush impatient,
Le peuple, vaguement conscient
De sa chance, emplissait le temple.

Au tour du berceau rose et bleu,
La foule défile et contemple,
Tout émue, l'étourneau de Dieu.

---

1. Vers rédigé en collaboration avec l'O.N.M.

III

Le sansonnet, dans ce temps-là
Grandissait en force et traîtrise.
Dans son œil, une flamme grise
Parfois s'allumait — Attila,

Quand au carnage il s'en alla
Eut ce regard — Un jour de crise,
Son flageolet peupla la brise
De grands cris, puis il s'envola[1].

Et l'air, au bruit de ses deux ailes,
Frémissait. Les douces gazelles
S'abritaient dans le bois obscur.

L'escargot repliait sa corne[2],
Tout se cachait. Pensif et morne
Planait le volatile impur...

Mais où c'est qu'i va, la rosse ?
1. Lui, pas le flageolet. — **2.** La droite. Il avait abîmé l'autre en regardant dans un trou de serrure, de celles où la clé a un trou aussi.

IV

Or, l'étourneau se perfectionnait en sagesse.
Il savait Confucius et la vie des yogas,
Le Shintô, Mohammed, et les Saints Agrégats
Qui concentrent en eux tant de lourde richesse.

Il guérissait les morts, soulageait la détresse,
Et rendait la justice au pied d'un seringa.
Le vol de l'oiseau-mouche et du bécabunga
Cernaient sa tête d'or d'un nimbe de tendresse.

On l'entourait d'amour, et les petits enfants
Le suivaient dans la rue de leurs pieds trébuchants.
Sous ses pas fleurissaient le lis et le jasmin.

Son regard rayonnait de la douceur divine
Et la rose nacrée qu'il tenait à la main
Restait rose nacrée, mais perdait ses épines...

La naïve fraîcheur du dernier vers évoque en principe Sainte-
Thérèse de l'Enfant-Jésus et l'innocent de Fouilly-les-Zouaves.

V

Le sombre sansonnet s'abattit sur la ville
Et le soleil soudain se trouvait obscurci.
L'épouvante frappait jusqu'au plus endurci,
Et partout le Malin mettait sa marque vile...

Nul n'osait le braver. Sous son arbre, immobile,
Comme la foule au temple allait criant merci
L'étourneau restait seul. A l'horizon noirci,
Les anges éplorés tendaient leurs bras débiles.

Le sansonnet parut dans un fracas de foudre
Et tenta vainement de le réduire en poudre.
L'étourneau se battait. Dans un sursaut vainqueur,

Il lui perça soudain le thorax de sa lame,
Et puis mourut — tandis que l'autre rendait l'âme —
Car il s'était plongé son poignard dans le cœur[1]...

La confusion qui semble résulter de l'entrecroisement des pronoms dont cette brève explication a nécessité l'usage trouve son explication naturelle dans la note[1], extraite d'un ouvrage bien connu, le Larousse Universel.

Note [1]. Sansonnet (so-nè) n. m. Nom vulgaire de l'étourneau.

EN CARTES

AU FAIT

A mon camarade Victor Le Renard qui fait du caoutchouc avec du latex (c'est marrant).

En partant du pétrole, on a du caoutchouc
Avec du caoutchouc, d'autres font de l'essence
En extrayant du roudoudou la quintessence
Un habile chercheur obtient à peu près tout

Le poisson ? c'est du veau. Le vin ? c'est du saindoux
La grenouille ? Un tissu. Le bois ? de la faïence
Plus besoin de planter du blé. En cas d'urgence
On peut le remplacer par du zinc et des clous

« A force d'inventer, chaque jour l'homme atteint
A de grands résultats qui reculent au loin
Les bornes du savoir. » On dit ça d'habitude...

Ne nous vantons pas trop de nos piteux efforts
Un ersatz nous échappe en dépit des études :
Il nous faut des vivants pour fabriquer des morts.

LEURRE EXQUIS...

Or, tout était truqué. Du plâtre en la farine
Dans le sel, de la terre, et, dans le pain, de tout.
Du poison dans le vin, puis, pour couper la toux
Des pastilles de miel en pure saccharine.

De vieux pneus en lambeaux tassés dans des terrines
Deviennent tripes. Mais les restaurants surtout
Avec des bas morceaux font des plats de haut goût
Dont le prix approche le goût, on le devine.

Seul de tous, mon boucher garde l'honnêteté
D'offrir, sur un étal galamment apprêté,
De vraie viande. J'y cours, je souris à sa bonne,

Donne mes cartes, en lorgnant son frais minois,
Et le traître remplit — que Satan lui pardonne —
Mon sac de fausse côte et de gîte à la noix...

ÉLÉGANCE

Me promenant sur les grands boulevards,
Je m'arrêtai devant une cravate
Verte et saumon, dont la nuance mate
S'accorderait avec mon doux regard.

J'entrai, voulant l'acheter sans retard,
Et le vendeur à face de tomate
M'examina de l'œil dont un primate
Eut contemplé Roger Martin du Gard.

— Que voulez-vous ? me dit-il aussitôt,
Une chemise ? ou ce chandail plutôt ?
— Je veux, monsieur, cette cravate seule.

— Deux points, alors, vous me ferez plaisir !
Lors, je lui mis mes deux poings sur la gueule
Et j'emportai l'objet de mon désir.

Et voilà comment qu'on nous élevait, de mon temps.

CHANT DES PLUS DE VINGT ANS

Oui, nous avons perdu la guerre, mes enfants !
Mais c'est bien votre faute ! Il vous fallait nous dire
Que nous risquions en nous battant d'aller au pire.
Comment l'eussions-nous su ? En buvant et
                                        [bouffant ?

A peine avons-nous pu prendre en main l'olifant
Pour sonner la déroute et lâcher notre empire.
Mais vous vous contentiez d'étudier et de lire !
Hé ! C'est facile alors d'arriver, triomphants,

Et de nous accuser de l'injuste défaite.
Mais non. Soyez gentils. Votre jeunesse faite
Est d'âge à travailler. Fuyez le caboulot.

Soyez des gars trapus ; montrez votre courage,
Refaites notre France, et du cœur au boulot !
— Et puis nous refoutrons par terre votre ouvrage...

PASSAGE DE TABAC

Donc, j'avais rendez-vous avec un pseudo-comte
Dans un café truqué, pour vendre au plus haut prix
Du tabac fait de foin. Je ne serais pas pris,
Car deux faux policiers, qui me devaient des comptes

Allaient intervenir au bon moment. L'acompte
M'était déjà versé, mais les billets remis
Manquaient de filigrane, aussi j'avais compris
Que dans « herbe à Nicot », herbe est le mot qui
                                    [compte.

J'arrive. Je remets le paquet au client.
— « Donnez l'argent, lui dis-je, et pas de faux-
                                    [fuyant. »
Il rit, sort de sa poche un bracelet d'acier,

Puis me le met aux mains, et m'emmène, et me raille
Chez un vrai commissaire, insolent, grossier,
Qui me dit « Voyez-vous, c'est mon homme de
                                    [paille ! »

ENCORE DES ERSATZ

Sous son béret de paille synthétique
De la couleur de sa robe de bois,
Elle était belle et me glissait parfois
Un doux regard, me trouvant sympathique.

De ses souliers, la matière plastique
Formait l'assise, et la peau de putois
Imitait bien le daim dont autrefois
L'on fit les gants — usage hélas antique —.

Je la connus le soir bibliquement
Et les produits dits « de remplacement »
Mirent sur moi leur empreinte exécrable,

Car d'un amour tout artificiel,
Je récoltai — me bénisse le ciel —
Une vérole authentique et durable...

TARTELETTES ANODINES

SIMPLE HISTOIRE DE BÈGUE

Un brave homme de bègue, assez cu-cultivé,
Vivait de son ja-jardinet plein de fleurettes,
Plein de ca-calme et de repos, de violettes
Et de pi-pissenlits. Rien ne fut arrivé

S'il n'eût été go-goberger au pied levé
Sa cousine Julie, fille fort coqué-quette,
L'emmené-ner aux champs, pour faire la dînette,
Sur son baudet qui ruait sur les pa-pavés.

Mais, dans les roseau-seaux, Pan vint se promener.
En le voyant-y-ant, l'âne brait. Etonné :
— Pan-Pan ! fait notre bègue et le dieu tombe mort.

Le pauvre devint fou. Fou plus que lui n'y a.
Tous les matins dans sa cami-misole il sort,
Donner un biberon à ses bé-bégonias...

VERT MALACHITE NE PROFITE JAMAIS

La femme de Caïn déjà prenait le deuil
Car l'assassin venait de descendre en la terre.
Alors, je priai Dieu d'arrêter sa colère
Et Dieu hocha la tête et répondit : — Mon œil !

Lebel était couché tout raide en son cercueil.
— Que te reste de ton fusil au cimetière ?
Lui dis-je, et quelle fut ta fortune entière ?
— Peau de balle, brave homme, et pas un sou
                                    [d'orgueil.

Un cheminot passa. — Quand la douleur t'égare,
Où te réfugies-tu ? lui criai-je. — A la gare !
Telle fut sa réponse, et parmi les halliers,

Je courus comme un fou, interrogeant un arbre :
— Que feras-tu pour moi ? Ne reste pas de marbre !
— Des nèfles ! » O stupeur ! C'était un peuplier...

ART POÉTIQUE

L'impair est bon, le pair aussi. Règle rigide.
Choisissez votre vers comme fait le pêcheur
La mouche avec laquelle il tente, raccrocheur,
La brême fugitive à la mâchoire avide.

Rejetez le vers blanc. Foin des couleurs livides.
Recherchez quand il faut la grâce et la fraîcheur,
Ailleurs, n'en mettez point. Ne soyez rabâcheur,
Et tâchez à lâcher les formes insipides.

Enfin, sus au vers libre. Il ne vaut pas un clou.
Son inventeur enfla, dit-on, puis devint fou.
Je suis sûr que c'est vrai[1]. Aimez le badinage

Ou les graves sujets, mais fuyez le pompier.
Vingt fois sur le métier remettez votre ouvrage.
— Hé ! C'est facile à dire ! On n'a plus de papier !

1. C'est pas vrai.

TROP POLIT POUR ÊTRE HONNÊTE

Si la lune plate, au ciel de ce soir,
N'avait qu'un côté, l'astiqueur de lune
Serait bien content de cette fortune
Et quatorze jours il pourrait s'asseoir.

Il était jadis, devant son trottoir,
Cireur de souliers. L'amour importune
Le fit criminel pour la toison brune
D'une fille souple au rouge peignoir.

Et sa tête pâle au panier à son
Roula, puis son corps eut un court frisson..
Depuis, il astique en haut les deux faces.

Mais pendant qu'il est de l'autre côté,
La tant douce nuit son travail efface
Et l'effacera pour l'éternité...

LE GAILLARD D'AVANT

J'étais en ce temps-là naïf célibataire.
J'étudiais l'algèbre et faisais du latin.
Je ne fleuretais pas, je me levais matin,
J'écoutais Bach, Mozart, et je lisais Voltaire.

Douce, elle vint à moi sous sa peau de panthère...
Elle portait de longs pyjamas de satin...
Sitôt que je parlais, j'avais l'air d'un crétin.
Je ne sais pas pourquoi je préférais me taire.

Je confondais encor couturiers et voyantes.
Lanvin, je m'en moquais comme de l'an quarante
Et la nécessité des faux cils m'échappait...

Mais au bout de deux ans d'efforts, je puis prétendre
Assortir de mémoire avec un goût parfait
Le bleu d'une cravate au gris de ses yeux tendres...

CHASSE D'EAU

Plaine sotte
Sans rien vert.
Ciel couvert
Qui toussotte...

L'eau tapote
En pivert.
L'œil ouvert,
Mon chien trotte.

Urinal
Automnal
Des nuages,

Quel pisseur
Emplisseur
Se soulage ?

Hein ?

PUBLICITÉ

Au pied d'un panneau couleur sansonnet
Où près du slogan l'affiche s'empresse
Se tint un beau soir querelle traîtresse
Entre un vieil ivrogne et le baronnet.

Rempli de Dubo, Dubon, Dubonnet,
Le premier mettait son pied sur la fesse
Du second, choqué qui, je le confesse
Passait la mesure et le bâtonnait.

— Vous n'êtes qu'un Kub, dit, ému, le noble,
Lisant le gros bœuf sur le mur ignoble.
— Terme aux gênes ! dit l'autre, s'échauffant,

Qui prit son couteau dans sa grande poche
Fendit son voisin comme d'une broche,
Et chanta : l'ouvrir est un jeu d'enfant...

Un cercueil signé Dufour est garanti pour toujours.

AU BAN

Un avorton, malingre et rachitique,
Avait volé, sans se gêner, un veau
Pour le manger, chez le boucher, puis un tonneau
De vin, pour boire, à l'épicier dans sa boutique.

Le procureur, quel débat pathétique,
Voyant en sa personne un Lucifer nouveau,
Un monstre sans pareil, voulait avoir sa peau.
— Il était affamé ! dit l'avocat, pratique.

— C'est l'esprit d'Ahriman qui le poussait, messieurs !
— Non ! De son estomac l'appel impérieux !
Trois jours durant se discuta la chose

Et je m'en fus, répétant ce refrain :
Mal, étiez-vous le besoin de la cause ?
Cause du mal, étiez-vous le besoin ?

Eh ben, j'ai pas encore trouvé.

INDÉCENT[1] SONNET

Rêveuse, elle songe
Par les contrevents
Le soleil levant
Près d'elle s'allonge

Telle dans un songe
Je la vois souvent
Mirage énervant
Chimère, mensonge

La claire santé
De la rose thé
Colore sa joue

Et sur son corps nu
Le soleil se joue
Amant inconnu.

1. Si peu...

À ARTHUR

Or, dans Apéritif, il y a happe et rite...
Happe à midi moins dix, rite sacramentel
Le jus opalescent — ce n'est pas du Vittel —
Et dans ton estomac, loge ce jus bien vite...

Descendez, les alcools ! Créez la joie subite
Au cerveau du buveur qui ne sait rien de tel
Et s'offre pour cent sous l'âme d'un immortel.
— « C'est ma tournée, mon vieux ! » Tout le monde
                                    [en profite.

Ainsi, ce mot nouveau correspond bien en somme
A l'idée qu'on se fait du monsieur qui consomme.
Happer, rite. Et pourtant, j'omets le principal :

Il me reste if, pour le planter au cimetière
Sur ta tombe. Et je trouve, hélas, par trop normal
Que, lassé du pernod, ton corps aille à la bière.

HARMONIE

presque révolutionnaire

A l'heure où les soleils couchants
Meublent le soir d'ombres propices
Vautrée sur mon thorax complice,
Déméter nique dans les champs...

Et le cricri cesse son chant
Dès que, flamboyant sacrifice,
Disparaît le rouge calice.
Fou qui éteins, vil et méchant...

Un champignon, décalotté
Par un baudet... bien culotté,
Thalle errant, s'en va sur la route...

Et j'entends parmi l'humus gras
Fuir le campagnol en déroute,
Quand bat Cérès entre mes bras...

ON M'A DIT ÇA

PASTORALE

Jeannette attendait son amant
Dans un grenier rempli de paille.
Jupe troussée jusqu'à la taille,
Elle rêvait tout bonnement.

Pour se livrer au jeu charmant
De caresser la jeune caille,
Armand se faufile, entrebâille
La porte, et saute lourdement

Dans le foin. Pour plus de confort,
Il transportait à grand effort
Un matelas de plume fine.

Mais Jeannette, éveillée soudain,
Dit, en voyant cette machine :
— Tu es bête, Armand, j'ai du foin !

Et moult s'esbaudirent en la paille et firent la beste à deux dos.

NOCTURNE

La lune célébrait sa fête.
Tous les oiseaux, groupés en chœur,
Chantaient un chant plein de vigueur,
Marquant le rythme de leur tête

Musique du soir... Chaque bête
Avait une joie dans son cœur.
Et, dans l'ombre, un pauvre jongleur,
Mi-troubadour et mi-poète[1],

Contait à la lune son rêve ;
Elle, qui l'entendait, se lève,
Lui tend un vase de nectar...

Et le poète, en la nuit brune,
La vit boire et but sans retard,
Et dit : — Trinquons comme la lune !

La conclusion de ce sonnet célèbre est déjà tombée dans le domaine public.
1. Non pas latéralement, mais verticalement.

HIPPIQUE[1]

Voyant un cheval qui broutait,
Un décorateur plein d'audace
Voulut le transformer sur place
En un objet d'art. Stupéfait,

L'étalon regarde et se tait.
Découpant le cuir coriace,
L'homme, ainsi qu'un affreux rapace,
Vide la bête et vous en fait

Une lanterne dernier cri
Que l'on vendra cher à Paris.
Mais l'animal soudain sursaute,

Se débat, puis proteste. En vain...
Le voilà lustre par sa faute.
L'étalon qu'homme ajoure s'en plaint...

Evidemment, il y a là une invraisemblance, parce que la viande de
cheval n'est pas assez isolante pour que l'on puisse sans danger y
faire passer des fils.
1. Le moustique aussi.

DÉTENTE

COL BLEU

Dans le port, il était deux belles,
L'une blonde et l'autre châtain,
Mais, l'une et l'autre, un peu pudiques.
Un désir hantait leur cervelle :

Béatrice comme Isabelle
Voulaient être aimées d'un marin.
Le soir, auprès des tamarins,
Rêvaient ces tendres jouvencelles...

Or, un jour, au loin se dessine,
Ramenant Eraste de Chine,
Une nef à la coque vaste.

Isabelle aussitôt s'élance,
Mais voit sur le port, en avance,
Sa copine occupée d'Eraste...

HELLADE

La trière gisait à l'ancre
Et le scolopendre rongeur
Commençait de percer le cœur
Du chêne sombre comme l'encre.

Sournoisement gagne le chancre...
L'éperon du vaillant lutteur
Se désagrège avec lenteur
Sous la dent âpre qui l'échancre.

L'avant, d'un seul coup s'écroula...
Le ver, dans l'eau, se déroula,
Marmottant une patenostre,

Mais l'eau céans le tenait bien
Et le conserva dans son sein,
Avalant centipède et rostre...

LA ROUE

On rouait un faquin sur la place de Grève.
La foule, que l'odeur du carnage attirait,
Au spectacle, charmée, déjà se préparait,
Et chacun s'esclaffait, content au fond qu'il crève.

Pour ne rien perdre d'une vision trop brève,
Un gamin, dont le corps tôt grandi s'étirait
Dans un pourpoint fané, s'agitait et courait.
Sonnant le cor, un garde enfin rompit la trêve.

Le condamné parut. Sur son col déchiré,
Son visage inquiet semble pâle et tiré.
Du sang coule en filet de sa lèvre qu'il mord.

Et le bourreau saisit la barre, habile et preste.
Il brise en quatre coups le corps las qui se tord...
Sur la place, sanglant, le triste pendard reste.

DANS L'ÉCU

Le sire Briseford et le sire Adhémard
Vivaient depuis vingt ans sans querelle notable.
L'un et l'autre occupés des plaisirs de la table,
Ils sablaient l'hydromel et mangeaient du homard,

À leurs moments perdus fabriquaient des bâtards,
Bref, menaient une vie en tous points respectable.
Las ! la guerre entre eux deux devint inévitable.
Je vous en vais conter le motif sans retard.

Briseford possédait un bouffon sans vergogne,
Natif de Suède, épais d'esprit, rouge de trogne.
Un jour, chez Briseford, Adhémard se soûla,

Partit sans son écu. Le fou, dans son audace,
S'y assit, s'oublia. La guerre en découla.
Le Suédois dans l'écu troubla la paix des races.

HELVETE'S SCIE

Lorsqu'il naquit, ses heureux parents
Voulaient en faire un beau militaire.
Lui paraissait plutôt se complaire
A tripoter des bouquins savants.

Il publia, dès qu'il devint grand
Plus d'un volume, et sa bonne mère,
Se consolait et se sentait fière
De son cher fils, célèbre à vingt ans.

Et tout d'un coup paraît son beau livre
L'Eloge de la Folie, qui livre
Aux préjugés le combat des forts,

Et ses parents, dans l'enthousiasme,
Savent enfin comme ils avaient tort
De vouloir faire un troupier d'Erasme.

    Mais depuis, on a eu Paul de Kock et Maurice Dekobra et alors, voilà.

TRISTE AZOR

Un chien vivait fort chichement
Dans une niche en bois de chêne.
Retenu sans cesse à la chaîne,
Il connaissait plus d'un tourment.

Mais le pire désagrément,
C'était la faim. Nourri de faines
Dont les malfaisantes akènes
Lui laissaient le nez tout saignant,

Il eût aimé jouir d'une table
Satisfaisante et confortable,
Lécher des assiettes, le soir...

Mais, pauvre, il mourut de la peste,
Et l'on grava sur le sol noir :
— Il est mort sans laper des restes.

JULIE

La môme du dernier trottoir
Possède une chouette poitrine.
Y en a qu'aiment mieux Catherine,
Grue de la rue de l'Abattoir

Pourtant, jusqu'ici, ses battoirs
M'ont dégoûté de la coquine.
Plutôt Nini, qu'est plus câline,
Et qu'est derrière un beau comptoir,

Ou la fille du bistro Jacques
Qu'est propre et n'a pas des morbacques ;
Après tout, c'est chacun son goût.

Moi, j'm'en fous, mais j'ai fait des tests,
Comme on dit, et j'préfère à tout
Ma Julie du lampadaire Est.

Et pis c'est une bonne gagneuse.
Pour le détail des tests, se reporter à notre prochain nopuscule
(de cheval) sur l'amour à la gauloise (avec moustache).

OÙ CHANTE LE COQ TÔT

Este est la ville des cyclistes.
Il faut les voir filer sans bruit
De l'aube au milieu de la nuit,
Brûlant le pavé des cent pistes.

Pour les habitants, rien n'existe
En dehors du vélo qui luit.
Chaque jour, sur chaque circuit,
Toute une large et longue liste

De courses, de matchs, de tournois,
Annonce à l'honorable Estois
Les plaisirs de la matinée.

Et le narrateur en atteste,
Ils roulent toute la journée :
C'est la ville des pédards, Este...

Je ne suis pas le premier à tenter un mauvais jeu de mots sur cette ville si sympathique. Je pense que vous vous rappelez tous la parole célèbre de Louis Quatorze, si content du plaisir qu'il avait pris dans ces murs légendaires, lorsque le consul lui décerna le diplôme de citoyen d'honneur : l'Estois, c'est moi !

GÉNIE RURAL

Un paysan s'était blessé
En ramassant des feuilles mortes,
Une femelle de cloporte
Ayant traîtreusement glissé

Un corps agile et ramassé
Sous son pied gauche. De la sorte
Il fit une chute si forte
Que du pus vint à s'amasser.

Et l'on appela de la ville
Un médecin des plus habiles
Pour crever le hideux abcès.

Vite arriva cet homme illustre.
Il fit son œuvre avec succès
Puis étancha le pus du rustre.

MÉDICULE

Il est en la grand'ville un docteur très étrange.
Chaque malade grave est mené, par ses soins,
Chez un chirurgien, qui n'habite pas loin,
Couché, puis on lui sert un délicat mélange

Qui l'endort sitôt bu. Dans l'instant, tout s'arrange
Pour l'opération. Des aides, dans un coin
Préparent les outils. C'est l'un de ces témoins
Qui me conta l'histoire, et pas un mot n'y change.

Le maître, saisissant un scalpel, fend le ventre
Du patient, puis notre docteur se concentre
Dans l'examen du foie, de la rate surtout.

On referme la plaie. Bien plus fort qu'Hippocrate
Jamais son diagnostic ne fut pris en défaut
Cet homme guérit tout d'après l'aspect des rates.

MARINELLA[1]

Une aventure étrange, en des temps écoulés,
Du fils d'Agamemnon mérita l'entremise,
Car sa mère, soudain, se fit fille soumise,
Couchant, pour se distraire et pour se consoler,

Avec un assassin. Celui-ci, désolé
D'avoir pris la vie du mari, sauvait la mise
En lui prenant sa femme aussi. Veuve conquise[2]
Elle passait le jour à le bien cajoler.

Le fils trouva la chose en tous points regrettable
Et, frappant fort d'un coup de son poing sur la table,
Il se leva, tua les deux amants affreux,

Puis s'éloigna, rajustant posément sa veste.
Et chacun le voyait et détournait ses yeux
Du sang noir qui souillait la longue épée d'Oreste...

1. Oreste encor entre mes bras. — **2.** C'est ce qu'elle lui disait tout le temps, dans l'argot des Argonautes : la veuve conquise t'adore.

1900

Debout devant le grand tambour, mélancolique,
Le petit groom en habit rouge à boutons d'or
Contemple sans le voir le chatoyant décor
Du cabaret de luxe à l'enseigne exotique.

Machinal, il sourit au client sympathique,
Suit des yeux la divette en manteau de castor
Et ne rit même pas si le fameux ténor
Glisse en montant dans une voiture asthmatique.

Il songe, et son métier lui paraît insipide.
Tous ces joyeux fêtards à la cervelle vide,
Du jour qu'il les connut, sitôt les détesta.

Mais il doit rester là, planté comme une borne,
Ou bien, de temps en temps, maintenir, triste et
                                          [morne,
Les portières vernies des coupés des rastas...

C. P. R.

Le soleil se cachait derrière la nuée.
L'ombre étendait son voile aux jardins obscurcis.
Le fantôme des jours tristement raccourcis
S'éloignait de la ville en un enfer muée.

De lumière la multitude dénuée
Commençait de gronder. Déjà d'âpres soucis
Se frayaient un chemin sous les fronts indécis.
La peur montait, blafarde, et ce fut la ruée

Vers les dieux de métal sanglants des sacrifices
Et l'envahissement des vastes édifices.
Mais les dieux ne pouvaient dissiper le brouillard.

Alors parut soudain, conjurant le désastre
Au moyen d'une lampe, un auguste vieillard
Et chassant la ténèbre, on vit lampe aider astre.

COMME AVANT-GUERRE[1]

Le fermier aux traits angulés
Conduisit ses bœufs sur la route.
Eux, tentés par l'herbe qu'on broute
Mâchèrent en vrais ongulés.

Or, un frelon fut engoulé
Par les grosses langues, sans doute.
Il piqua. Les bœufs, en déroute,
Voient rouge. L'homme est bousculé,

Tombe, se blesse. Et la blessure
Devenant bouillon de culture,
On appelle un docteur illustre.

Sous le coutre, l'abcès creva,
Et l'Hippocrate se trouva
Tout maculé du pus du rustre.

Petit commentaire. Celui-ci, c'est ce plagiaire de Monprince qui l'a fait pendant que j'avais le dos tourné. Comme il est plein de poésie, on vous en fait profiter pour le même prix.

1. Pour une fois, je vous explique. Avant-guerre, quand on achetait des œufs, on en avait treize à la douzaine.

ÉVANGILE
SELON CINQ SONNETS

THÉORÈME

Etre infiniment bon, infiniment aimable
Infiniment ceci, infiniment cela
Ça n'est pas mal. Pourtant le sonnet que voilà
S'en va vous démontrer dans un style impeccable[1]

Que ça ne suffit pas. Il est indispensable
Pour être Dieu, de *tout* savoir. Il ne sait pas
Quelque chose qu'à tous j'ai caché jusque-là.
Dieu, C'EST MOI. Démontrons. La chose est
                              [admirable.

Sachant ce qu'il ne sait, je suis plus fort que lui
— Dans vos cerveaux brumeux voici que l'aube a lui
Ecoutez bien — ; plus fort que lui, je me surpasse

Puisque lui, c'est bien moi. Qui peut se surpasser
Soi-même, sinon Dieu ? — Oui, ça va tout casser.
Que voulez-vous —... souvent il advient que tout
                              [casse.

1. Modeste...

L'HOMME PROPOSE ET...

Et, sans qu'une auréole ait nimbé ma bobine
L'illumination m'apparut cependant
De ma divinité. Je me revis, perdant
Au ministère, ou m'avait poussé la débine.

(Oui, j'étais l'Arlequin de cette Colombine).
Un temps que je passais à me curer les dents,
A dormir, même à lire en me baguenaudant
Les exploits immortels de Longue-Carabine...

Je revis mon bureau, plein de taches, mes doigts
Pleins de taches aussi, tout gourds par les grands
                                                    [froids,
Et je revis mon chef à la mine anguleuse

M'appeler près de lui — il disait « pour causer » —
M'engrimauder de sa parole fielleuse
Et me dire à la fin « VOUS pouvez disposer... »

P. S. Celui-ci peut être considéré comme une preuve indirecte de mon existence. Il ne faut pas rejeter par principe ces moyens — évidemment un peu puérils — d'augmenter sa popularité. D'autant que le texte en est accessible aux esprits peu cultivés auxquels d'ailleurs cet ouvrage n'est pas destiné, vu sa haute tenue littéraire.

VERS

Quand le Galiléen creva sur la croix noire
Je me dis — c'est la fin ! Comme je me trompais
Les prêtres, s'emparant de ce récit parfait
Inventèrent Jésus, la messe et le ciboire

Et depuis ce temps-là se raconte l'histoire
De Celui qui sortit de sa tombe. Et l'on fait
Un miracle étonnant de ce tout petit fait
Et l'on nous dit : croyez à cette balançoire.

Cependant, un souci me tanne le cerveau
Le conte, assurément, peut vous paraître beau :
« Il quitta son cercueil et prit de l'Altitude »[1]

Pourtant j'ai constaté — ça me gêne toujours
Que, s'il repose en paix seulement quinze jours
Un camembert aussi s'en va seul, d'habitude...

1. Evangile selon Saint-Exupéry.

OSCAR

A O. Wilde

Or Dieu lisait, serein, le Livre des Péchés
Et l'homme, devant lui, se tenait immobile
Et Dieu dit : « Tu frappas le pauvre et le débile
Tu prêtas ton corps vil à des jeux débauchés

Tu trompas ton semblable à de honteux marchés
Tu n'aimais que le mal et tu y fus habile... »
Et l'homme détournait son œil sombre et mobile.
Et Dieu dit « C'est l'enfer pour ton cœur desséché ».

L'homme leva la tête, et sa face était morne
Et l'ombre, autour de lui, s'épaississait sans borne
« Je n'ai jamais cessé d'y vivre » et Dieu pâlit...

« Veux-tu le paradis ? » fut la riposte brève
Alors, hochant le front, triste, l'homme sourit...
« Je ne l'imaginais pas même dans mes rêves... »

Petit commentaire. Oscar, c'était un garçon assez drôle, mais il n'avait pas compris le sens de la vie ou plutôt il s'était trompé de sens. Et la Société l'a puni. Amen. Mais Guillaume II, on lui a rien fait.

JE CROÂ Z-EN DIEU

Pourquoi donc les curés portent-ils une robe ?
Sont-ils ou sont-ils pas du sexe féminin ?
Du mâle ont-ils encor conservé le venin ?
A les voir voleter je deviens hydrophobe

Pourquoi vêtir aussi ces malfaisants microbes
De ce grand chapeau plat, de ces plats escarpins ?
Pourquoi pas une fraise, un lourd vertugadin ?
Ajoutez à cela que leur tenue englobe

Du costume de l'homme un nombre d'attributs
M'incitant à ranger cette étrange tribu
Dans un genre spécial à nul autre semblable.

Qu'ils soient classés à part. Et nous voilà venus
A la solution qui paraît souhaitable :
Coupons ce qui dépasse et les lâchons tout nus.

Petit commentaire : Ou alors, qu'ils portent franchement une
petite jupe comme les Ecossais, avec rien dessous. C'est charmant,
surtout si on a les genoux un peu gros et beaucoup de poil sur les
jambes.

LES PROVERBIALES

CHANT CLOS

Dans un sombre cachot, lamentant sa malchance,
Un prisonnier pouilleux gisait sur son grabat.
Le sol était, hélas, d'un mètre en contrebas
Et la prison construite au bord de la Durance.

La cruche, dont le temps avait emporté l'anse,
Attestait, dans un coin, des eaux l'affreux dégât,
Tantôt stable, tantôt livrant un dur combat
Au flot qui la voulait emporter sans défense.

Et le triste reclus contemplait, tête vide,
Tandis que s'enfuyaient et revenaient les ides
Son pain, qui, lentement, s'humectait d'un jus noir...

Mais le remous, du mur détachant une masse,
Brisa le pot sous l'œil de l'homme, certain soir :
La cruche a tant vu l'eau qu'à la fin c'est la casse.

LE POT DE L'OURS

Mohammed[1] le potier travaillait dans la cour.
C'était un homme adroit. Dans ses mains fort habiles,
La terre prenait forme, et la plus humble argile
Devenait ornement par la grâce du tour.

Or donc, il fignolait, patient, plein d'amour
Un vase, qu'amateur de poterie fragile,
Un puissant mercanti bien connu dans la ville
Lui avait commandé pour le prendre ce jour.

Tripotant l'ébauchoir et gratouillant sans trêve
Mohammed poursuivait rêveusement son rêve.
Il se voyait célèbre, adulé, riche et vil...

Il bat des mains, joyeux, mais son geste fracasse
Le frêle objet. Hélas ! Par le ciel ! s'écrie-t-il
Tant vaut la cruche, Allah !, qu'à la fin je la casse !

1. La Fontaine s'est inspiré de ce vieux conte arabe. Mohammed, en arabe, veut dire « Perrette ».

RIZ - PAIN - SELLE

Lacruche, humble biffin, vivait en garnison
Dans un obscur canton sis quelque part en France.
Il y passait des jours sans plaisir ni souffrance.
Je vous dirai le lieu : c'était à Barbizon.

Hélas ! pour s'amuser, pas la moindre Lison,
Pas le moindre copain, pas la moindre espérance.
La soupe était fadasse et le lard toujours rance.
Lacruche s'ennuyait comme en une prison.

Distraction suprême, il allait à la selle.
Quand son ennui s'enflait et croissait de plus belle.
Muni d'un vieux journal, il partait s'isoler.

Le service prit fin, car il faut que tout passe.
Ce sont les goguenots qui l'avaient consolé :
Tant va Lacruche aux lieux qu'à la fin y a la classe.

FORCE DE L'OIE

Mon oye, péniblement ramenée d'Aquitaine,
Attendait dans un parc la fin de son état
D'animal bien vivant. Afin que l'on goûtât
Sa chair à la tendresse maxima, la reine

Etait moins bien traitée que mon oye souveraine,
Et le matin, je lui versais de graine un tas
Pour que mon oye toujours beaucoup mieux se portât.
Tous les soirs j'écoutais le chant de ma sirène.

Mais qui l'oyait aussi ? L'insolent serviteur
Du locataire d'en-dessus, fripon menteur.
Il ne put résister. L'affreux vaurien — traîtrise !

Prenant un hameçon, pêche mon oye bien grasse...
Heureusement pour moi, la ficelle se brise !
Ton valet crocha l'oye d'un fil fin qui se casse.

GAZ HOUILLER

Totor, c'était un dur. Il vendait des réchauds
Pour la maison Chalot. De sa boutique verte,
Il laissait tout le jour la porte grande ouverte,
Et sa publicité tenait le client chaud.

Il vendait sans arrêt. Son concierge Michaud
Avait acheté là sa cuisinière. Certes
C'était un prix d'ami ; mais il vendait sans perte.
Totor, pour le commerce, il était pas manchot.

Il en liquida tant qu'une marée montante
De réchauds inonda la ville, envahissante,
Et le fluide s'écoulait la nuit, le jour,

Tant et si bien qu'un soir, chacun fit la grimace,
Car le gaz de manquer vint à jouer le tour !
Tant va la crue Chalot, qu'à la fin, y a pus d'gaz.

CHAMEAU - TRACES

Perdu dans le désert, un Arabe affamé
Souffrait depuis trois jours de crampes très-horribles.
Sa monture avait fui. Détail des plus pénibles,
Il ne lui restait plus qu'un poignard étamé.

Mais, ayant largement son prophète clamé,
Un sursaut de courage, une force invincible
L'entraîna sur les pas de la bête invisible.
Quand il eut retrouvé son chameau, l'eut blâmé,

Il le saigna d'un coup de son arme cruelle,
Et, sans prendre le temps de détacher la selle,
Il se jeta sur lui, le dévorant vivant.

Et notre émir émit dans son cerveau sagace
La vérité suivante, arabe assurément :
« Tant vaut le cru chameau que si tu le fricasses. »

Et pis quand il a eu bouffé le chameau, il est mort de soif.

LA FAIM DES HARICOTS

Assis devant un bar, Alain buvait sans trêve
Cocktail après cocktail, cognac, cherry, cointreau
Les liqueurs et les vins s'inscrivaient au tableau.
C'était, pendant la guerre, un hôtel de Megève...

De temps en temps, la main du buveur se soulève
Pour commander à boire. Et le siphon plein d'eau
Reste plein, dédaigné. Derrière le rideau,
La neige fraîche éclaire un décor blanc de rêve...

Il boit. Dans sa cervelle obscurcie par l'ivresse,
Passent des visions. Grandissante sans cesse
Revient l'envie d'un gueuleton bien cuisiné...

Et, tandis qu'il suçote un gros morceau de glace,
Son désir croît de savourer un bon dîner :
Tant vida cruche Alain que la faim le tracasse.

MAIS CECI EST UNE AUTRE-UCHE TOIRE

L'autruche Paméla naquit au Sénégal.
Son père était célèbre à cent lieues à la ronde
Et sa mère, dit-on, la plus belle du monde.
Paméla possédait un charme sans égal.

La voir se dandiner, c'était un vrai régal.
Elle fit un voyage aux îles de la Sonde ;
Un gros rajah, séduit par cette beauté blonde,
Lui fit don d'un enclos, d'un serviteur Tagal,

Et d'un kilo de clous dont elle était friande.
Le matin, Paméla broutait cette provende[1]
Puis s'en allait nager comme hareng soret

Dans un étang peuplé d'oiseaux aqueux en masse
Si bien qu'elle prit l'air d'un gibier des marais :
Tant va l'autruche à l'eau qu'elle feint la bécasse.

C'est ce que les hommes de science appellent le mimétisme. Inventé par Cham et Léon, ce procédé, très en faveur en Allemagne pour décorer les voitures, les maisons, les gens et la campagne environnante, a beaucoup perdu de son intérêt depuis que l'exportation germanique branle dans le manche.

1. Bien entendu, les mêmes resservaient tous les matins. C'est pourquoi l'autruche est très économique.

CE QUE L'ON APPELLE : LE FAIRE À L'ELBROUZ

Le halo de la lune, en un ciel de printemps,
Eclairait la cabane endormie sur la route,
Et le tanneur valaque, en mâchant une croûte,
Reprisait un vieux sac laissant passer le tan.

Le Caucase lointain, giflé par les autans,
Dressait ses verts sommets que l'isard peuple et
                                                    [broute.
Le Russe, ancien fuyard de l'armée en déroute[1]
Qui aidait le tanneur aux labeurs éreintants,

Vidait un carafon de vodka dans la cave,
Et, sur un vieux réchaud, se cuisait une rave.
Il trouvait la vie belle et chantait des chansons.

Et moi, je contemplais le ciel pur, en extase
Devant la symphonie de la neuve saison :
Tan, valaque, russe, halo, carafon et Caucase...

1. Il s'agit d'un Allemand naturalisé russe qui s'était battu contre les Russes avec les Allemands quand les Allemands étaient entrés chez les Russes et qui était resté avec le Valaque, qui vivait au pied du Caucase, quand les Russes avaient chassé les Allemands.

GRUELLE AVENTURE

L'oiseau gris pâle et dont le vol est une danse
Appelé grue, volait un jour dans le ciel pur
Et se soûlait d'air frais, de vitesse et d'azur.
Le vent berçait sa course et sifflait en cadence.

L'oiseau gris métallique alors là-haut s'élance,
Et, vrombissant de tout son ventre d'acier dur,
Monte et suit une ligne aussi raide qu'un mur,
Crachant le feu, fou de colère et de puissance.

La douce bête alors décida de le suivre,
Elle a volé si haut dans l'éther qui l'enivre
Que ses os délicats se sont rompus d'un coup...

Et l'océan bientôt baisa sa tête lasse,
Et son corps disparut dans un léger remous :
Tant va la grue là-haut qu'à la fin l'aile se casse.

Il ne fallait pas, grue, s'y fier...

LE FOU TRIQUAIT

Un fort vilain bonhomme, au bord d'un lac d'azur,
Vivait en récoltant le miel de ses abeilles.
Sa tante lui faisait la tambouille à merveille
Et sa cousine entretenait son linge mûr.

Un jour, il devint fou. Ça, c'était un coup dur.
Enivré d'avoir bu trop de jus de la treille,
Il saisit sa parente, et brute sans pareille,
Il la jeta dans l'eau. La ruche, c'était sûr,

Prit le même chemin. Passant à la cousine,
Il la coince en un coin de la vaste cuisine,
Puis, d'un coup bien placé, la déflore soudain,

La moleste, surtout sa vérole lui passe,
Et meurt... Et le bilan fut fait le lendemain :
Tante au lac, ruche à l'eau, gale enfin ! Quelle casse !

POISSON VIOLANT

Un cachalot, grand amateur de pucelages,
Jouit dans tout l'Océan de la réputation
D'un vieux libidineux tout rongé de passions.
— « Dès que non loin de vous son aileron surnage,

A Neptune, aussitôt, promettez d'être sages »
Disaient à leurs enfants tous les parents poissons.
Mais un dauphin, rempli de détermination
Bondit un jour contre le monstre avec courage.

Hélas, il est traqué par son rude adversaire
Et ne peut résister à l'immonde corsaire :
Il subit, sort cruel, un outrage odieux.

Et puis la mer sereine engloutit sa carcasse
Toute démantelée par le supplice affreux :
Tant viole cachalot que le dauphin trépasse.

C'étaient un cachalot mâle et un dauphin femelle. Le contraire
eût été beaucoup moins dangereux pour le dauphin et beaucoup
moins agréable pour le cachalot.

DÉCLINAISONS

MA MUSE

Voilà cent ans, cher Soulary, tu croyais juste
De ceindre de maint busc le corps souple et charmant
De ta Muse, et contraire à l'ordinaire amant
Voulais pour ta maîtresse un appareil vétuste.

Si la femme féconde à la grâce robuste
Vit souvent de sa chair le mol affaissement
Si la distension de tous ses ligaments
Fit pendre son nombril et s'écrouler son buste

Ce siècle est révolu. L'oisiveté cruelle
N'entraîne plus la mort de la beauté des belles
Nos jours ont retrouvé le secret du printemps.

Notre Egérie pratique aussi la gymnastique
Et le massage sait lui rendre en peu de temps
Son ventre plat, sa ligne et ses seins élastiques.

DE MA MUSE

De ma Muse diverse à la veine féconde
Je veux conter ici les désirs et les goûts.
Tantôt elle aime à s'envelopper d'un bagout
Digne du camelot, d'une vaine faconde.

Tantôt parée soudain des gemmes de Golconde
D'un précieux langage elle veut le ragoût
Mais parfois se vautrant dans quelque sale égout
Il lui plaît une crasse à nulle autre seconde

De son état dès lors j'agis en conséquence
Et pour lui arracher des rimes la séquence
Tantôt je la rudoie, tantôt à son chevet

Mollement allongé, mes vers polis la louent.
A la campagne, ainsi, pour cueillir le navet
Certains montent à l'arbre et d'autres le secouent.

À MA MUSE

Pourquoi me souffles-tu toujours des âneries
Je ne t'ai point traitée comme vile putain
Tu me fais un beau vers, je l'écris, puis soudain
A l'improviste, tac ! c'est la plaisanterie

Le mauvais calembour, la plate pitrerie
De plus ou moins de goût. Je pencherais pour moins.
Ça rappelle Diogène en habit de gandin
Pascal en chansonnier disant des rosseries

Beethoven dans un champ jouant du mirliton,
Paul Claudel au sabbat chevauchant un bâton
Un mauvais rebouteux guérissant Hippocrate

C'est, chantant un air swing, Marcel Cachin tout nu
Pie douze en l'appareil d'un grand diable cornu...
C'est un chapeau de clown sur le chef de Socrate...

PAR MA MUSE

Par ma Muse, je sus le secret du succès
Elle me dit : Chéri, le faîte de la gloire
Reste inchangé depuis les aubes de l'histoire
Il n'en va point ainsi de nos moyens d'accès

Certains, se consumant en dangereux excès
Tentent d'y arriver en rêve, et sans le croire
Mènent leur âme lasse en la nacelle noire.
Crève ce rêve creux comme on crève un abcès

Il y a deux façons d'accéder au Parnasse
Ou bien, sans sac ni guide, au mépris des crevasses
Gravir ses flancs, risquer cent fois de succomber

Ou comme Abou-Hassan flottait sur sa carpette
Partir en avion sans tambour ni trompette
Ouvrir son parachute et s'y laisser tomber...

LE DER DES DER

Ainsi, je célébrais des vierges adorables
Des baisers passionnés, des appas turgescents
Je chantais de l'amour les tournois indécents
La danse et les plaisirs et les temps favorables

Ma Muse me prêtait son corps si désirable
Et je le pelotais. J'étais assez pressant...
Ha ! Mais ma femme entra soudain, me paraissant
Fort en colère. Humblement je courbai le râble

« Coquin ! Tu me trompais sous mon toit ! Vil
                                        [sauteur
Je te croyais poète et tu n'es qu'un menteur (?)[1]
Attends ! Je vais t'ôter désormais toute envie... »

Elle a pris ses ciseaux, ma Muse a pris le deuil
Je suis chantre châtré, je fais des vers sans vie...
C'est la fin, je le sens... jusqu'au prochain recueil[2]

1. Note de l'auteur. — **2.** Le temps que ça repousse.

EN FORME DE BALLADES

BALLADE PESSIMISTE

Au temps jadis, des gelinottes
Des pâtés, des filets mignons
Des coqs fricassés en cocotte
Avec du lard et des oignons
Des langues, tripes et rognons
Je consommais en abondance
Plats d'autrefois, mes compagnons
Il n'en est plus un seul en France

De reines-claudes ; de griottes
De pêches, poires et brugnons
L'été je remplissais ma hotte.
Je ramassais des champignons
Le soir sur un feu de pignons
Cuisait le chou dans sa fragrance
Du chou ! J'en voudrais le trognon
Il n'en est plus un seul en France

De foin se garnissaient les bottes
Et l'on se moquait du guignon
La voiture ignorait la crotte
Et la société le grognon
Duc, voleur, marquis, maquignon
Des flacons tous tâtaient la panse
Las ! de Bordeaux ou Bourguignon
Il n'en est plus un seul en France

Envoi

Prince, de Flandre en Avignon
Cherchez un cœur plein d'espérance
Vous pouvez mettre vos lorgnons
Il n'en est plus un seul en France.

BALLADE DES MARCHÉS OBSCURS

A vous, messers les prouficteurs de guerre
Les mercantis, les villains traffiquans
Les fabricans de gasteaux à la terre
Voleurs, pillards, tous effrontez croquans
J'aymerais voir au col de lourds carcans
Craignez qu'un jour le peuple vous punisse
Allez, feignez des regrets convaincans !
Et, priant Dieu que la guerre finisse
Priez Satan que dure cent cinq ans.

Grasse truande aux tres-laydes manières
Qui remplacez par des bijoux clinquans
Le bel esprict des dames de naguère,
Vous connaistrez des piques les piquans
Recouvrez-les, ces corps lourds et choquans
De laine fine et de doulce pelisse
Impregnez-les de parfums suffocans
Mais priant Dieu que la guerre finisse
Priez Satan que dure cent cinq ans.

Mourez de faim, nos enfans et nos meres
Roulez sur l'or taverniers fabriquans
De tord-boyaux à cinq louis le verre
Tombez, blessez, infirmes claudicans
Tombez toujours, nul emploi n'est vacant
Pour l'innocent que dégouste le vice

Et vous, volez, volez en vous moquant
Mais, priant Dieu que la guerre finisse
Priez Satan que dure cent cinq ans.

Envoy

Prince, vous estes riche en escroquant
Mais j'attendray longtemps l'heure propice
Pour vous crever ce ventre provocant
Donc, priant Dieu que la guerre finisse
Priez Satan que dure cent cinq ans.

BALLADE DES AMOURS PASSÉES

Amours légères, jeux charmants
Tendres propos, douces promesses
Où êtes-vous, ô mon amant
Et vos baisers et vos caresses
Grands sont devenus ma tristesse
Et mon chagrin depuis des mois
Jours lumineux de sa tendresse
Vous êtes allés loin de moi.

En mon très âpre dénûment
Je pleure et lamente sans cesse
Mais ce n'est qu'un amer tourment
De pleurer seule ma faiblesse
Ami si cher, point ne me laisse
Car tant cruel est mon émoi
Bonheur, jeux et ris et liesse
Vous êtes allés loin de moi

Ainsi va-t-il des beaux serments
D'un coup de son aile traîtresse
Malheur navre les cœurs aimants
Il a consommé ma détresse
Aussi la santé me délaisse
Mon teint semble d'un Siamois
Beauté, corps souple et gentillesse
Vous êtes allés loin de moi.

Envoi

Prince, ouvre-lui ta forteresse
Libre fais-le comme chamois
Car demain, je dirai : jeunesse
Vous êtes allée loin de moi.

BALLADE DE L'AN QUARANTE

I

Or dansions sur la corde raide
François, mes joyeux compagnons,
Dans le duvet d'une vie tiède
Endormys comme bons couillons.
Sur la rue nous avions pignon,
Sur les genoulx, fille odorante...
Lors, rongeant un maigre quignon
Souvenons-nous de l'an quarante...

II

Prismes nos lames de Tolède...
Tout pour nos sénéchaulx mignons
Ira comme sur Déroulède,
S'il faut en croire l'opinion
De sainte Odile. Ha ! mon lorgnon !
Nostre victoire fulgurante,
Où es-tu ? Voués aux trognons,
Souvenons-nous de l'an quarante...

III

Nostre élan nous menoit en Suède
Mais devant nous, le fanion
Du général qui nous précède
Penche plutost vers Avignon...
En une rare communion
De pensées, nostre masse errante
Fuit, chargée sur des camions.
Souvenons-nous de l'an quarante..

Envoy

Prince, nous sommes par guignon
Tombés sur un ost, et, mourante
La France agite ses moignons...
Souvenons-nous de l'an quarante..

BALLADE DE NOTRE GUERRE
ou : Aux cercueils, les potes ! (sous-titre à Julot)

Ça dure un bout de temps déjà
Mais c'est raté, tout à refaire
Certains pour qui rien ne changea
Qui n'ont jamais voulu s'en faire
Et bâfrent comme père et mère
Vont trouver ça décourageant
Mais on pourra pas s'y soustraire
La guerre, c'est fait pour tuer les gens.

On ne trouve plus de Roja
Mais on n'est pas tous sous la terre
Il siérait que ça s'arrangeât[1]
Allons, les gars, on est tous frères
Laissez vos fringues, vos moukères
Si l'appétit vient en mangeant
La mort vient en faisant la guerre
La guerre, c'est fait pour tuer les gens.

Déjà Satan nous corrigea
Mais tout bénin, molo, pépère...
On peut dire qu'il nous arrangea.
On s'est tout juste un peu fait traire
Pas comme une vache, au contraire,

1. Dirait la baronne

Elle, on lui prend pas son argent.
Malgré qu'on râle, faut se distraire,
La guerre, c'est fait pour tuer les gens.

Envoi

Prince, à force d'entendre braire,
Je trouve ça devient rageant
Où sont nos charniers de naguère ?
La guerre, c'est fait pour tuer les gens.

RÉFÉRENDUM EN FORME DE BALLADE

Combien j'ai douce souvenance
Des concerts de jazz de jadis
Hawkins ! tu nous mettais en transe...
Kaiser Marshall, balais brandis
Frôlant à gestes arrondis
L'airain vibrant sous la cadence...
Quatre printemps ont reverdi
Il n'y a plus de jazz en France.

Alors, on aimait l'ambiance
Et pas de rester assourdis
Par ces chorus en dissonance
Qui vous laissent tout étourdis.
Nos vieux thèmes sont enlaidis
Par des faiseurs pleins de jactance
Molinetti s'est enhardi
Il n'y a plus de jazz en France.

Weatherford, Briggs, et le Florence
Coleman, Wells, et toi, pardi
Le Duke à la jeune prestance
Sans vous, tout s'est abâtardi
Ça gueule et ça cherche midi
A quatorze heures. Sans défense
Le hot se traînasse, affadi
Il n'y a plus de jazz en France.

Envoi

Prince Ladnier, tu gis, raidi
Sous terre, et ton indifférence
A figé nos sangs refroidis
Il n'y a plus de jazz en France.

ACTUALITÉS DÉMODÉES

ACTUALITÉS 1944

I. Petiot

Dès qu'on le sut, chacun se dit : c'est un vampire,
Le Landru 44, le grilleur du foyer
Malade, intoxiqué, sadique, dévoyé,
Empailleur de phallus... Et peut-être bien pire !

Mais voilà que soudain la vérité transpire
Des rabatteurs ? Appelons-les des employés !
Petiot ? dit la police. On s'était fourvoyés !
Un simple industriel du vol. Chacun respire...

Et s'il avait brûlé des gens intéressants ?
Mais non ! Des souteneurs, des barbeaux
                                    [repoussants,
Des putains ! D'habitude, on répand, en cuisine,

Des corps gras sur l'hareng qui rôtit. Le bourreau,
Bien plus fort que Vatel, dans sa nouvelle usine,
Fit son beurre en faisant griller le maquereau !

Bison Ravi
24.3.44

II. Sur la mort d'un homme
en habit vert

Il s'est éteint, petite flamme...
Plus de jus ! Vidé le bidon !
Gabriel lâche le guidon !
Charon l'attend avec sa rame.

Alors, on vit voler son âme.
(Hanotaux, vole, vole donc)
Un glas funèbre... Ding, ding, dong !
Tinte, et Clio déjà se pâme...

L'Académie en fait autant
Et chacun se signe, en ôtant
Son bicorne devant les roses,

Un peu jaloux, vilain défaut,
De te voir, tout mort et morose,
T'en aller tout seul, Hanotaux...

13.4.44

Un feu clair cligne son œil roux
Vers la peau d'ours à gueule chauve
Où, trois fois marquée d'ombre fauve
Elle dort, nue, les cheveux fous

La flamme lèche à petits coups
Ses ongles teints de laque mauve
Elle glisse, hésite, se sauve
Et se love au creux des genoux

Marquant les cuisses allongées
De mouchetures orangées
Elle ose un baiser pénétrant

Et la dormeuse, émue, s'étire
Elle arque ses reins palpitants
Et s'offre toute au gai satyre...

25 janvier 1944

MUGITUSQUE BOUM

(Virgile)

Dès que le bœuf multiple des sirènes
A déchiré l'horizon de Paris
Gagne, passant, la paix de tes abris
Soumets-toi vite à ces clameurs urbaines.

Car il suffit à l'âpre souveraine,
La bombe grise au ventre lourd de cris,
Pour te changer en d'ignobles débris
D'un seul instant de fureur souterraine.

Descends dans l'antre impassible et discret
Vers l'ombre épaisse, où le bonheur, concret,
Pourra parfois remplir ta dextre habile,

Et, somnolent, roupille dans un coin
Au son d'une concierge volubile
Qui s'enhardit sitôt qu'Ils sont bien loin.

Bison Ravi
24.3.44

mugitus : beuglement
que : et
boum : boum !

FAMILLE

Un mouton immaculé, si sage,
Broute l'herbe grasse aux brins tremblants...
Je suis là, pas loin de lui, troublant
Un petit poisson malin, qui nage...

Ça mord ! Toc... je l'amène au rivage
Et le tends à l'animal bêlant
— « Prends donc ce maquereau, ovin blanc !... »
— « Bêê ! » dit-il, « tu fais un beau carnage !

« Où as-tu pris qu'on mange un parent ? »
— « Un parent ? Mouton, tu es marrant »
Vexée, la brebis bredouille et jure,

Puis s'explique, ayant repris haleine :
— « Crétin ! »(j'encaisse en riant l'injure)
« C'est avec quoi qu'on fait les bas laine ?... »

Commentaire : il est à noter que la baleine n'est pas du tout parente du maquereau pisque l'une est un mammifère et l'autre un poisson. Mais un mouton ordinaire peut bien ignorer ça sans qu'on lui en fasse grief. Moi, je le savais (voir 10ᵉ vers).

ANNEXES

I

CENT INFÂMES SONNETS

Sommaire

Invocation liminaire et Pièce théorique à l'appui :

Chansonnettes :

15 (23)	Le Zazou
16 (29)	Réponse du Zazou [A un vieux]
17 (16)	Fleurs
18 (55)	Trop polit pour être honnête
19 (56)	Le Gaillard d'avant
20 (59)	Au ban
21 (57)	Chasse d'eau [Plein]
22 (14)	Poissons
23 (19)	Nord
24 (89)	Harmonie presque révolutionnaire [Harmonie du soir]
25 (53)	Vert malachite ne profite jamais [Abîmes]
26 (58)	Publicité
27 (50)	Encore des ersatz [Ersatz]
28 (52)	Simple histoire de bègue
29 (47)	Elégance
30 (20)	Autodéfense du calembour

Actualités démodées :

hors	31	Actualités 1944 — I Petiot
section	32	Actualités 1944 — II Sur la mort d'un homme en habit vert [d'un historien]

Trois piécettes pour violon bouché :

33 (63)	Nocturne
34 (62)	Pastorale
35 (64)	Hippique [Déconnante]

Détente :

36 (65)	Col bleu
37 (66)	Hellade
38 (67)	La Roue
39 (69)	Helvete's scie [Helvégète]
40 (68)	Dans l'écu
41 (70)	Triste Azor
42 (71)	Julie
43 (72)	Où chante le coq tôt

44 (77)	C.P.R. [Chameau Râ]
45 (75)	Marinella [Atride, Putride Atride]
46(77 bis)	Comme avant-guerre [Le fermier aux traits angulés...]
47 (76)	1900

Légende du sansonnet et de l'estourneau, allégorie ornithologique et convaincante :

48 (40)	I
49 (41)	II
50 (42)	III
51 (43)	IV
52 (44)	V

II

VARIANTES

Les vers de chacun des poèmes sont supposés numérotés à la suite. Le chiffre précédant la variante renvoie au vers corrigé.

Apport au Prince

4   autant *au lieu de* ainsi
5   Qu'il siège *au lieu de* Qu'il trône
6   foulés *au lieu de* hantés
13   Qu'importe donc si (je l'avoue sans artifice) *au lieu de* Et qu'importe après tout si — Satan me punisse —

Poissons

4   que j'appelais *au lieu de* Bébé dirait
6   effroi des tout petits *au lieu de* ennemis du petit
12   L'avare gardon-tout, Mac-quereau l'Ecossais *au lieu de* Et l'avare gardon, Maquereau l'Ecossais

13 Et du *au lieu de* mais, au
14 L'œuvre célèbre sous le nom de raie torique *au lieu de* Je conseille de cultiver la raie torique

Fleurs

10 Du prisonnier aux lourdes chaînes *au lieu de* Du détenu sous lourdes chaînes

Autodéfense du Calembour

1   noires *au lieu de* mille

Le Zazou

dédié : A Henri de Régnier *au lieu de (en épigraphe :)*... et la princesse le refusa car il n'était point chaussé de daim (Mme d'O'Noy, Contes swing)
8   en d'autres bars, noyer le chagrin qui le hante *au lieu de* en d'autres lieux, noyer le démon qui le hante
12 Moulera *au lieu de* Doit mouler.

Réponse du Zazou

(en épigraphe :) Le cocotier ? qu'est-ce que c'est (Cécile S...) *au lieu de*... le cocotier, quel beau rêve !... (Cécile S...)
1   qui nous raillent *au lieu de* qui nous blâment
3   d'accabler *au lieu de* railler
14 on est plus indulgent *au lieu de* on a plus de bonté

La légende du sansonnet et de l'estourneau I

3   un certain *au lieu de* un vilain
4   Au museau triste *au lieu de* Au triste museau

La légende du sansonnet et de l'estourneau II

5   et d'une limande *au lieu de* et d'une truande

La légende du sansonnet et de l'estourneau III

14   planait *au lieu de* glissait

Elégance

4   avec mon doux regard *au lieu de* avec mes doux
      regards
11   Je veux, monsieur, *au lieu de* Je veux, ami,

Encore des ersatz

7   imitait bien *au lieu de* singeait fort bien
11   Mirent sur moi leur empreinte exécrable *au lieu
      de* Cessèrent d'être à mes yeux désirables

Simple histoire de bègue

2   Vivait de *au lieu de* N'aimait que

Vert malachite ne profite jamais

12   un arbre *au lieu de* les arbres
13   Que feras-tu pour moi ? Ne reste pas de marbre !
      au lieu de Que ferez-vous pour moi ? Ne restez
      pas de marbre !

Art poétique

12   ou les graves sujets *au lieu de* et les graves sujets

Trop poli pour être honnête

3   cette fortune *au lieu de* telle fortune

Le gaillard d'avant

8   Je ne sais pas pourquoi *au lieu de* Souvent pour
      ce motif

Publicité

7   choqué *au lieu de* navré

12 Qui prit son couteau dans *au lieu de* Sortit son couteau de

14 Et chanta *au lieu de* Et chantait

Au ban

4 dans sa boutique *au lieu de* dans la boutique

Harmonie

10 bien culotté *au lieu de* hum... culotté

Hippique

10 Que l'on vendra *au lieu de* Qui se vendra

Col bleu

8 ces *au lieu de* nos

Hellade

12 Mais l'eau céans *au lieu de* Mais l'océan

La Roue

14 sanglant *au lieu de* saignant

Helvégète

4 A tripoter *au lieu de* A compulser

7 se sentait *au lieu de* se montrait

Atride

9 Le fils trouva la chose en tous points regrettable *au lieu de* Le fils ne trouva pas l'aventure admirable

1900

14 Les portières vernies *au lieu de* La portière vernie

C.P.R. Chameau Râ

11 Mais les dieux *au lieu de* Et les dieux
13 Au moyen d'une lampe *au lieu de* Et portant une lampe
14 Et chassant la ténèbre *au lieu de* Remplaçant le soleil

Le pot de l'Ours

2   C'était un homme adroit. Dans ses mains fort habiles *au lieu de* C'était un artisan ; dans ses mains très agiles
5   patient *au lieu de* ce matin
7   bien connu dans la ville *au lieu de* résidant en la ville

Riz-Pain-Selle

8   comme en une prison *au lieu de* plus qu'en une prison
13 Ce sont les goguenots qui l'avaient consolé *au lieu de* C'est dans les goguenots qu'il s'était consolé

Force de l'Oie

1   oye *au lieu de* oie (même archaïsation aux vers 5, 7, 12 et 14)
8   j'écoutais le chant de ma sirène *au lieu de* j'écoutais son doux chant de sirène
9   Mais qui l'oyait aussi ? L'insolent serviteur *au lieu de* Mais l'entendait aussi l'insolent
10 Du locataire d'en dessus *au lieu de* Du locataire du dessus
11 Il ne put résister. L'affreux vaurien — traîtrise ! *au lieu de* Qui ne put résister. Donc, le vaurien — traîtrise !

Gaz houiller

8   il était pas manchot *au lieu de* il n'était pas manchot
14 y a pus d'gaz *au lieu de* plus de gaz

Chameau-traces

4   plus qu'un poignard *au lieu de* rien qu'un poignard

La faim des haricots

9   Reste plein *au lieu de* Reste là.

Mais ceci est une autre-uche toire

7   Un gros rajah *au lieu de* un rajah
9   dont elle était friande *au lieu de* qu'elle engloutit sitôt
10   broutait cette provende *au lieu de* se levait toujours tôt
11   Puis s'en allait nager comme hareng soret *au lieu de* Et si bien se livrait à des ébats nautiques
12   Dans un étang *au lieu de* En un étang ; oiseaux aqueux *au lieu de* oiseaux marins
13   Si bien qu'elle prit l'air d'un gibier des marais *au lieu de* Qu'elle gagna l'aspect d'une bête aquatique

Ce que l'on appelle le faire à l'Elbrouz

4   reprisait *au lieu de* recousait
11   des chansons *au lieu de* ses chansons

Gruelle aventure

10   Elle a volé si haut *au lieu de* Et vola haut, si haut
11   Que ses os délicats se sont rompus d'un coup *au lieu de* Que, las ! ses frêles os se rompirent d'un coup

Le fou triquait

5   c'était un coup dur *au lieu de* c'était le coup dur
12   La moleste, surtout sa vérole lui passe *au lieu de* La rudoie, mais surtout sa vérole lui passe

Poisson violant

2   Jouit dans tout l'Océan de la réputation *au lieu
    de* A dans tout l'Océan la réputation
3   tout rongé de passions *au lieu de* brûlé de pas-
    sions
6   Disaient à leurs enfants *au lieu de* Disent à leurs
    enfants
7   rempli *au lieu de* plein
9   il est traqué *au lieu d*e il fut traqué
10 Et ne peut *au lieu de* Et ne put
11 sort cruel *au lieu de* triste sort
12 Et puis la mer sereine engloutit sa carcasse *au
    lieu de* Puis doucement, rendit à Dieu son âme
    lasse
13 Toute démantelée par le supplice affreux *au lieu
    de* N'ayant pu résister à ce supplice affreux

Petiot

8   Un simple industriel du vol *au lieu de* C'est un
    industriel du vol
14 Fit *au lieu de* fait.

REPÈRES
BIO-BIBLIOGRAPHIQUES

10 mars 1920 : Naissance à Ville-d'Avray de Boris Paul Vian. Il aura deux frères et une sœur. Son père est rentier et le restera jusqu'en 1929.

1932 : Début de rhumatisme cardiaque. En 1935, thyphoïde mal traitée.

1935-39 : Baccalauréat latin-grec, puis math élém. Prépare le concours d'entrée à l'Ecole centrale. S'intéresse au jazz et organise des suprises-parties.

1935 : Entre à Centrale. En sort en juin 1942 avec un diplôme d'ingénieur.

1941 : Epouse Michelle Léglise. Commence les *Cent Sonnets*.

1942 : Naissance d'un fils, Patrick.
Entre comme ingénieur à l'AFNOR.

1943 : Ecrit *Trouble dans les andains* (publié en 1966). Devient trompettiste dans l'orchestre de jazz amateur de Claude Abadie qui poursuivra sa carrière jusqu'en 1950.

1944-45 : Publie ses premiers textes sous les pseudonymes de Bison Ravi et Hugo Hachebuisson. Termine *Vercoquin et le plancton* (publié en 1947).
Fait la connaissance de Raymond Queneau.

Début 1946 : Quitte l'AFNOR pour travailler à l'Office du papier. Termine le manuscrit de *L'Ecume des jours* (publié en 1947). Rencontre Simone de Beauvoir et Sartre.

Mai-juin 1946 : Commence la Chronique du menteur aux *Temps modernes*.

Candidat au Prix de la Pléiade pour *L'Ecume des jours*, ne le reçoit pas malgré le soutien notamment de Queneau et Sartre.

Août 1946 : Rédige *J'irai cracher sur vos tombes* qui est publié en novembre sous le nom de Vernon Sullivan et devient le best-seller de l'année 1947.

Septembre-novembre 1946 : Ecrit *L'Automne à Pékin* (publié en 1947).

1947 : Devient en juin le trompette et l'animateur du « Tabou ».
Ecrit *L'Equarrissage pour tous*.
Vernon Sullivan signe *Les morts ont tous la même peau*.

1948 : Naissance d'une fille, Carole.
Adaptation théâtrale de *J'irai cracher*.
Barnum's Digest ; *Et on tuera tous les affreux* (le 3ᵉ Sullivan).

1949 : Interdiction de *J'irai cracher* (roman) ; *Cantilènes en gelée* ; *Les Fourmis*. Période de crise.

1950 : Condamnation pour outrage aux mœurs à cause des deux premiers Sullivan.
Représentation de *L'Equarrissage* (publié peu après avec *Le Dernier des métiers*). *L'Herbe rouge* (commencé en 1948) ; *Elles se rendent pas compte* (Sullivan). Mise au point du *Manuel de Saint-Germain-des-Prés* (publié en 1974).

1951 : Ecrit *Le Goûter des généraux*, représenté en 1965.

1952 : Nommé Equarrisseur de 1ʳᵉ classe par le Collège de 'Pataphysique. Devient plus tard Satrape.
Divorce d'avec Michelle. Période de traductions.
Ecrit la plupart des poèmes de *Je voudrais pas crever* (publié en 1962).

1953 : *Le Chevalier de neige*, spectacle de plein air, présenté à Caen.
L'Arrache-cœur (terminé en 1951).

1954 : Mariage avec Ursula Kubler, qu'il avait rencontrée en 1950.

1954-59 : Période consacrée à des tours de chant, des productions de disques, etc. Ecrit de nombreuses chansons dont *Le Déserteur*, des comédies musicales, des scénarios de films.

1956 : *L'Automne à Pékin*, version remaniée.

1957 : *Le Chevalier de neige*, opéra, musique de Georges Delerue, créé à Nancy. Vian écrit *Les Bâtisseurs d'empire* (publié et joué en 1959).

1958 : *Fiesta*, opéra, musique de Darius Milhaud, créé à Berlin.
Parution d'*En avant la zizique*. Fin de la revue de presse donnée depuis 1947 dans *Jazz-Hot*.

1959 : Démêlés avec les réalisateurs du film *J'irai cracher sur vos tombes*. Rôles dans des films.

23 juin 1959 : Mort de Boris Vian pendant la projection du film tiré de *J'irai cracher* et qu'il désapprouvait.

Table

Composition réalisée par JOUVE

IMPRIMÉ EN FRANCE PAR BRODARD ET TAUPIN
Usine de La Flèche (Sarthe)
LIBRAIRIE GÉNÉRALE FRANÇAISE - 43, quai de Grenelle - 75015 Paris.
ISBN : 2 - 253 - 14194 - 1